［法］阿提克·拉希米　著　　　宋义铭　译

坚　韧　之　石

سنگ صبور

SPM
南方传媒 ｜ 花城出版社

中国·广州

图书在版编目（CIP）数据

坚韧之石 / （法）阿提克·拉希米著 ; 宋义铭译.
-- 广州 ： 花城出版社，2024.3
ISBN 978-7-5749-0023-3

Ⅰ．①坚⋯ Ⅱ．①阿⋯ ②宋⋯ Ⅲ．①中篇小说－法
国－现代 Ⅳ．①I565.45

中国国家版本馆CIP数据核字(2023)第174795号

合同版权登记号：图字 19-2023-163 号

Syngué Sabour ©P.O.L Editeur, 2008, as well as any mention useful for the
protection of thetranslation, shall be printed on each copy issued.

本书中文简体版专有版权经由中华版权代理有限公司授予北京创美时代国际
文化传播有限公司。

出 版 人：张 懿
项目统筹：陈宾杰 蔡 安
责任编辑：张 旬
责任校对：李道学
技术编辑：凌春梅 林佳莹

书 名	坚韧之石
	JIANREN ZHI SHI
出版发行	花城出版社
	（广州市环市东路水荫路11号）
经 销	全国新华书店
印 刷	天津丰富彩艺印刷有限公司
	（天津市宝坻区新开口镇大新公路北侧427号）
开 本	787毫米×1092毫米 32开
印 张	5.75
字 数	63,000 字
版 次	2024 年 3 月第 1 版 2024 年 3 月第 1 次印刷
定 价	49.80 元

如发现印装质量问题，请直接与印刷厂联系调换。
购书热线：020-37604658 37602954
花城出版社网站：http://www.fcph.com.cn

序言

卡勒德·胡赛尼

在阿富汗，女性是处境最悲惨的社会成员，这一事实令人沮丧。早在塔利班到来之前，阿富汗的女性就要为了获得最基本的权利而抗争。部落法令和父权至高无上，剥夺了她们的权利。除了在少数城市地区以外，阿富汗女性无权外出工作，无权接受教育，无权获得充分的医疗保障，无权作为独立的人拥有个体独立性。持续三十年的战乱和社会动荡，更是让她们流离失所，境况雪上加霜。尽管近年来阿富汗女性的地位略有改善，但是部落习俗仍然至高无上不容质疑，太多女性因此无权参与有意义的社会生活。她们饱受煎熬，鲜活的生命日渐枯萎。她们没有面孔，没有声音，这种境况已经存在太久、太久。

今天，事情终于有了变化。随着《坚韧之石》一书的问世，阿提克·拉希米让一个这样的阿富汗女性拥有了面孔，拥有了声音，甚至可以说，让这个女子成了数百万苦难者的化身。

《坚韧之石》的情节很简单。一个不知姓名的女子，在房间里护理重伤的丈夫，丈夫躺在那儿一动不动，无法出声，无法自理。故事就这样展开了。交战派系在街上烧杀劫掠时，女子在屋内用插管给丈夫喂饭，帮他擦眼睛，帮他翻身。她开始对丈夫讲话。起初是只言片语，说着说着，她的话语喷涌而出，如同溃堤的洪水。她越说越有勇气，说出了自己多么怨恨丈夫，对他多么失望，说出了自己严守的秘密，内心的欲望和希望，说出了丈夫让她遭受的痛苦和悲伤。丈夫躺在她面前，像块石头，像那传说中的聆听之石，吸纳了所有"告罪者"的痛苦。女子骤然间发现自己摆脱了一切束缚，她的独白升级为高亢的呼告。先前大胆告白的内容已经令人震惊，此时她又毫不留情地控诉起战争、男性的暴行、宗教、婚姻和文化规范无休止的侵扰。在这样的规范下，阿富汗女性别无他法，只能忍气吞声地接受一切，如同一块坚韧的石头。

在阿提克·拉希米的故事中，女人并非典型意义的女主人公，也不是戴着面纱默默忍受痛苦的圣女。我们看到的是一个女人不停地对丈夫诉说着，这是一场单向的对话，因为故事假定了丈夫没有意识。在女子的独白中，表象被一层层剥离，呈现出的是复杂而微妙的人物形象。拉希米塑造的女主角是勇敢、坚韧、虔诚的母亲，但她也和其他人一样具有人性的弱点。她会撒谎、操控、也时常心怀恶意。被逼无奈时，她也会露出牙齿，甚至裸露身体。拉希米这样的描写触犯了阿富汗社会的重大禁忌：即视女人为性客体。小说中的两个段落很可能会遭到阿富汗社会中更保守的群体的抗议，但拉希米值得称赞，因为他并未回避这个话题，因为他并未把女主人公设定成圣洁、无性的母性形象。或许是由于拉希米用法语而非用达里语（阿富汗的官方语言）写作，写出这些内容才不那么困难。他曾说过："用波斯语写作时，我会不自觉地进行自我审查。而我习得的语言，我选择的语言，让我有了表达思想的自由，让我远离了自我审查，远离了自幼形成的无意识的羞耻感。"不论拉希米的创作风格是否归因于法语写作，我们都要感谢拉希米的勇气。

拉希米具有高超的文学技巧。整个故事只发生在一间狭小的卧室里，他却能在故事中生动地描绘街头的战斗。派系战争的幽灵是房间中的第三个角色，派系是无名的，战争也是无名的。拉希米的选择不是要把我们带到交战的街头，而是让我们与大多数无助的平民一样体验战争。我们听到突然响起的枪声、尖叫声，还有可怕的沉寂。迫击炮火地动山摇时，我们感到房子在晃动，灰土如雨一样落下。拉希米没有让我们置身于街头的战火之中，然而或许正是因此，他成功让我们体验到了混乱和无助，让我们见识到那些不受惩罚的野蛮行径，让我们目睹从天而降的暴虐力量如何随机夺走人的生命。派系间的争斗构成了阿富汗过去三十年里的至暗时代，拉希米用沉静的语言真实再现了这个时代，效果令人震撼。

《坚韧之石》获得了极具盛名的法国龚古尔奖。这本书的文字质朴而有诗意，内容看似平淡无奇，含义却十分深邃。它既是一则寓言，也是一个关于罪与罚的故事，探讨了荣誉、爱、性、婚姻和战争。毫无疑问，这是一本重要而勇敢的书。从读者的角度而言，这本小说最突出的成就，是让那些最沉默的人发出了声音。拉希米笔下的女主人公没有姓名，她代表了数百万和她一样的阿富汗女性，她们被客体化、被边缘化，她们遭到蔑视，遭到殴打和嘲笑，不得不保持沉默。她代表所有阿富汗女性说出了内心的不满和愤怒。在《坚韧之石》中，她们，终于获得了发声的权利。

坚韧之石

此故事，为纪念被丈夫
残忍杀害的阿富汗诗人 N.A. 而作，献给 M.D.

汲自身体，借由身体，依靠身体
发于身体，直达身体

安托南·阿尔托 [1]

---

[1] 安托南·阿尔托（1896–1948）：法国戏剧理论家、演员、诗人。（本书注释均为译者注）

在阿富汗的某地，或在别处

这是一个长方形的小房间。明净的墙面刷成了青色，两面窗帘上绘有候鸟的纹样，鸟儿正振翅欲飞向黄蓝交织的天空。尽管如此，身处其中，依然令人感到沉闷和压抑。缕缕阳光透过帘布上大大小小的破洞钻进来，洒在一张基里姆地毯[①]上，投下道道暗淡的光纹。房间的尽头还有一面纯色的绿窗帘，背后似乎掩着一扇封死的门，也可能是一个杂物间。

房间空空荡荡，没有任何装饰。只在两扇窗之间的墙面上挂了一把匕首，上方悬着一张相片。相片里是一个 30 岁上下的男人，头发鬈曲，脸型方正，附带两撇精心打理的胡须。一双眼睛虽然不大，却又黑又亮，中间夹着一个鹰钩鼻。他脸上虽然没有笑容，却仿佛压抑着一股笑意。这使得他显露出一副怪异的神情，好像内心

---

① 基里姆地毯：产自伊朗、土耳其、阿富汗等（古波斯帝国）国家的传统工艺编织地毯，既可单纯作装饰用，也可用于祷告。

正在嘲笑看向他的人。相片本是黑白的，后经人手工上了些浅淡的颜色。

在这张相片对面的墙脚处，就地铺着一张红床垫，上面躺着的男人正是相片里的主人公。他此时已不似镜头里那样年轻，蓄着斑白的大胡子，瘦得皮包骨，肤色苍白，布满皱纹，鼻子愈发肖似鹰钩。他微张着嘴，依然没有笑容，依然是那副嘲讽似的怪模样。那双眼睛变得更小了，更深地凹陷进眼眶里，直直盯着天花板上朽黑的梁柱。两只胳膊死气沉沉地摆在身侧。透过那白得病态的皮肤，能看到蠕虫般虬结的血管和凸出骨架的骨头。他左手的手腕上戴着一只机械表，无名指上套着一只金戒指。右臂的臂弯处扎着一根导管，连接至悬在他头顶正上方墙上的透明塑料输液袋。他身上覆盖着一件衣领和袖口绣花的蓝色长衬衫，两条木桩子一样僵硬的腿藏在一张脏兮兮的白被单底下。

男人胸前放着一只女人的手，扣在心脏的位置，随着呼吸的节律摇晃。女人两腿蜷至胸口坐在一边，头埋进双膝之间。手臂的晃动带动肩膀，垂在肩头的乌黑长发跟着摆荡。

她左手捻着一串黑色的念珠，安静、缓慢，和肩膀的起伏同频，又或许和男人的呼吸同频。她身上包覆着一条紫色的长袍，袖口和裙摆处绣着朴素的麦穗花纹。

在她手边，一本《古兰经》翻至扉页摊开着，放在一个天鹅绒枕头上。

这时传来一个小女孩的哭声。女孩不在这个房间，大约在隔壁或者走廊。

女人的头动了动，疲惫而滞重，从膝盖间抬起。

这是一个美丽的女人。只是左眼眼角有块小伤疤，眼皮稍有些张不开，这使得她的目光总含着一层奇怪的忧虑。她的双唇饱满，但干燥又苍白，低缓地反复吟诵着同一个祷词。

又一个小女孩开始哭泣。哭声比上一个离得更近，或许就在门后。

女人把手从男人的胸口拿开，站起身，离开房间。她走后，房里也没有任何变化。男人还是一动不动，只是那安静而缓慢的呼吸还持续着。

随着女人脚步声的靠近，两个女孩止住了哭泣。她在孩子们身边待了很久，直到整栋房子、整个世界都在幼童的梦乡中变成黑沉的阴影；然后她走了回来。一只手握着一个小白瓶，一只手还是捻那串黑念珠。她在男人身旁坐下，打开瓶盖，俯下身来，先向他右眼滴了两滴眼药水，又向左眼滴了两滴。那串念珠全程没有离开她的手心，始终被捻着不停转动。

念珠在指间穿梭，她的肩膀也以同样的节奏规律起伏。阳光穿透帘布上那片黄蓝相间的天空，轻抚女人的背脊和肩头。

远方，城市的某处传来巨大的爆炸声。或许炸毁了一些房屋、一些梦想。随后响起回击的声音，撕碎了午后的宁静，连窗玻璃都随之震动，不过女孩们并没有被吵醒。女人的肩膀僵住了一瞬——不过拨两颗念珠的工夫。她把白瓶收进口袋里。"统治的主①啊。"她低吟道，"统治的主啊。"不住重复。男人每呼吸一次，她都拨一颗念珠，重复一遍祷词。

念珠转满一周。99颗珠子，99次"统治的主啊"。

她直起身子，坐回男人头侧的床垫边，右手放回男

---

① 统治的主：原文为 Al-Qahhâr（盖哈尔），意为统治者。《古兰经》中真主安拉有99个美名（亦称尊名），此为第15个。

人的胸口，左手重新开始拨念珠。

等再数完99次"统治的主啊"，她把手从男人胸前拿开，移向脖颈。手指先没入浓密的胡须中，停留了一息或更久；随后伸向嘴唇，拂过鼻梁、眼睛、额头，最后再度消失在又脏又厚的发丝间。"能感觉到我的手吗？"她躬身紧盯他的双眼，看不到任何信号；侧耳靠近他的双唇，听不到任何声音。他总是那副惊惶的神色：嘴唇微张，眼睛看向天花板上发黑的横梁。

她又俯下身，低声絮语："以真主的名义，给我一点反应吧，告诉我你能感觉到我的手，告诉我你还活着，告诉我你会回到我身边，回到我们身边！一点反应就够了，只要一个小信号，就能给我力量，给我信念。"颤抖的双唇先是吐出恳求，"一个字也行……"随后擦过男人的耳朵，"但愿你起码能听到我说话。"她把头贴在枕头上。

"明明说两周后你就能动、能有反应了……现在都三周了……差不多。还是什么都做不到！"她翻了个身，仰面躺着，目光和男人一同迷失在朽黑的梁柱间。

"统治的主啊，统治的主啊，统治的主啊……"

女人慢慢坐起来，绝望地盯着男人，再次把手贴近他的胸膛。"如果你能呼吸，那也能屏住气，对吧？屏住呼吸！"她把头发拨到颈后，重复了一遍，"憋一下气！"然后又把耳朵凑近他的嘴边，细细倾听。听到的只有呼吸的声音。

希望落空，她喃喃道："我受不了了。"

她愤怒地叹了口气，骤然站起，高声重复："我受不了了……"声音沮丧而疲惫，"从早到晚，不停地默念真主的名字，我受不了了！"她朝相片的方向走了几步，但没有看向它，"已经 16 天了……"说完有些犹豫，"不……"她迟疑地掰起指头。

数不清楚，她便转回原位，看了一眼摊开的《古兰经》，这才确认道："是 16 天……今天我背的是真主的第 16 个名字①。'盖哈尔'，统治的主。对，没错，第 16 个名字……"一阵沉思，"16 天！"她后退一步，"我已经照你呼吸的节奏活了 16 天了。"神情变得咄咄逼人，"和你一起呼吸 16 天了。"目光紧紧锁着男人，"你怎么呼吸我就怎么呼吸，看！"她深深吸了一口气，又痛苦地吐出来，以与男人相同的频率，"我现在就算不把手放在你的胸口，也能跟你一样呼吸了。"她俯身靠向男人，"就算不在你身边，也还是和你同频呼吸。"说完又远离他，"你听到了吗？"她大喊，"统治的主啊……"

---

① 包括安拉的本名在内。

重新拨起念珠来，依然是同样的频率。她走出房间，
"统治的主啊，统治的主啊……"仍然回荡在走廊和
别处……

"统治的主啊……"声音远去。

"统治的主啊……"渐渐变低。

"统……"几不可闻。

终于消失。

沉寂只持续了一小会儿，"统治的主啊"再度透过
窗、从走廊、从门后传来。女人回到屋子里，伫立在男
人身边，左手仍旧拨着黑色的念珠。"我甚至能够告诉
你，在我走的这段时间里，你呼吸了33次。"她蹲下
身，"甚至这会儿，此时此刻，在我说着话的时候，我
也能数清你呼吸的次数。"她把珠串举起，刺进男人模
糊的视野，"看，从我回来到现在，你呼吸了7次。"她

坐到地毯上，继续说，"我的每一天，已经不再是一小时一小时地度过了，每一小时也不再一分钟一分钟地过，每一分钟也不再一秒钟一秒钟地过了……现在对我来说，一天就是99个念珠的不断循环！"她的目光停留在男人的手表上，那陈旧的表带似乎成了枯瘦的腕骨赖以维系的扎带，"我甚至能告诉你，我再转5圈念珠，毛拉①就该召唤信徒开始正午祈祷②、宣讲《圣训》③了。"安静了一阵，她计算着，"转到第20圈，送水工该敲邻居的门了。和往常一样，隔壁的老太太会嘶哑地咳嗽着出来给他开门。到第30圈，会有一个男孩骑车穿过马路，嘴里哼着'莱莉，莱莉，莱莉，亲爱的，亲爱的，亲爱的，你伤透了我的心'④的调子，唱

---

① 毛拉：部分地区穆斯林对伊斯兰教学者的尊称。

② 正午祈祷：又称晌礼，大约在中午12:30开始。

③ 《圣训》：记录先知穆罕默德的言行及他所默认的弟子们的所作所为，在伊斯兰教经典中地位仅次于《古兰经》。

④ 波斯歌谣。

给隔壁那家的女孩听……"她笑了，一个悲伤的笑，"然后呢，等我转到第 72 圈，那个愚蠢的毛拉就该来看你了，他会像以前一样责备我，他会说，都怪我没好好照顾你，我没遵照他的指示，我肯定忘记了祷告……否则你早就康复了！"她的手抚上男人的胳膊，"但你是见证人啊。你是知道的，我只为你而活，守在你身边，随着你呼吸！"她抱怨道，"他说得倒轻巧，我每天必须把真主的 99 个名号之一重复 99 遍……要这么过上 99 天！而那个蠢货毛拉根本不知道这意味着什么，独自守在这里，身边的男人还……"她不知该怎么说，抑或是不敢说，只能发出细弱的埋怨，"……独自带着两个小女孩！"

随后是长久的沉默。大约是捻过 5 圈念珠的时间。女人紧靠着墙，闭着双眼，手中的珠子转过 5 圈。远方传来正午祷告的召唤，将她从昏沉中拉起。她拿出小地毯，摊开，平铺到地上，开始祈祷。

祷告结束，她仍坐在毯子上，聆听毛拉每周一度的《圣训》宣讲："……今天是血腥之日，因为正是在星期二，哈娃第一次落下污血①；正是在星期二，阿丹的其中一个儿子杀死他的兄弟②；正是在星期二，格里高利（Gregory）、宰凯里雅③和叶哈雅④惨遭杀害，愿他们安息；也是在星期二，法老的术士们⑤、法老的妻子艾希

---

① 哈娃即《圣经》中的夏娃。此处指哈娃第一次来月经。

② 据《古兰经》记载，阿丹（亚当）之子高比勒（该隐）杀死其胞弟哈比勒（亚伯）。

③ 宰凯里雅（Zacharie）：《古兰经》中记载的古代先知之一。

④ 叶哈雅（Yahya）：《古兰经》中记载的古代先知之一。《新约》称约翰（John）。先知宰凯里雅之子。

⑤ 据《古兰经》记载，法老召集术士们同先知穆萨（摩西）斗法，术士们在见识到穆萨的法术后改而信仰安拉，表示愿为至尊的真主殉身。

娅·宾特·穆扎希姆①和以色列后裔的牛犊②纷纷遭逢厄运……"

她慢慢环顾四周。这个房间。她的男人。空洞中的这副躯体。这副空空如也的躯体。

忧惧侵占了她的双目。她站起身，把小地毯折起来，放回屋角的原处，然后走开。

过了一小会儿，她回来查看输液袋里血清的高度。里面没剩多少了。她盯着细导管，仔细观察滴液的间隔。间隔时间很短，比男人每次呼吸的间隔还短。她调整了

---

① 艾希娅·宾特·穆扎希姆（Assaya Bent Muzahim）：埃及法老王的妻子。据《古兰经》记载，她说服法老保护并收养了先知穆萨（摩西），后因坚持信仰安拉被法老下令折磨致死。
② 据《古兰经》记载，先知穆萨（摩西）将以色列后裔带出埃及之后赶赴真主之约，在此期间，以色列后裔中的一名术士收集族人的首饰，打造了一头牛犊作为替代的崇拜偶像。

一下流速，等液体又坠下两滴，之后像是下定了什么决心，背身而去："我去药房买点血清。"但在双腿迈过门槛之际，她迟疑了一下，发出一声悲凉的叹息："但愿药房进得到货……"说罢离开。隔壁房间传来唤醒孩子们的声音："来吧，我们出门一趟。"女人的脚步夹杂着孩子们小跑的碎步，穿过走廊，穿过庭院……

在3轮念珠转过，或者说297次呼吸之后，她们回来了。

女人把孩子们领到邻屋。一个女孩在大哭："妈妈，我饿。"另一个在抱怨："你为什么没买香蕉?!"妈妈安慰她们："我给你们拿点面包吧。"

当阳光从黄蓝相间的窗帘孔洞中收回它的恩赐之时，女人的身影重新出现在房门口。她盯着男人看了很久，方才靠近，察看他的呼吸。他在呼吸。输液袋里已经一滴不剩。"药房关门了。"她说完，以一种顺服的神情等待着，仿佛男人会给出其他指示一般。然而没有。除了呼吸，什么都没有。她再次离开，回来时端着一杯水。"得像上次一样，用糖盐水将就一下了……"

她麻利而娴熟地将输液管从男人的手臂上拔出，取下注射针头，清洗了一下管子，把它引入男人半张的嘴里，伸到能直达消化道的位置。之后，她把杯子里的东西倒进输液袋，调节好流速，确认一次呼吸一滴液体。

她又走了。

十几滴的工夫，她拿着罩袍①回来了。"我得去找一下我姑姑。"说罢又等了一会儿……也许是在等待许可。随后她移开目光。"我疯了！"焦躁地转身走出房间。她的声音从门后、从走廊传来："我才不在乎……"声音远

① 罩袍（chadari）：一种蒙住全身，仅在双眼留有网格的阿富汗女性服饰。

远近近，"你怎么看她……"走远，"……我爱她，"，走近，"我只有她了……我的姐妹们都把我抛下了，你的兄弟也一样……"走远，"……我得去看她，"又走近，"必须……"走远，"……我知道你烦她……也烦我！"她带着两个孩子离开了。

她们走后，男人呼吸了3960次。3960次呼吸之间，没有任何意外之事发生，只有女人预言过的内容：运水工敲响了邻居的门。一个女人咳嗽着给他开门……又过了几次呼吸，一个男孩哼着"莱莉，莱莉，莱莉，亲爱的，亲爱的，亲爱的，你伤透了我的心……"骑车穿过街道。

于是她们回来了，女人和她的两个孩子。她把孩子们撇在走廊里，猛地打开房门。她的丈夫还是那副样子。同样的姿势，同样的呼吸节奏。女人脸色苍白，比男人更甚。她靠在墙上，沉默良久，悲叹道："姑姑……她离开家了……她走了！"她倚着墙，任由自己滑倒在地。"她走了……去哪儿了？没有人知道……我谁也没有了……谁也没了！"声音在颤抖。她喉咙发紧，眼泪流了下来。"她不知道我遭遇了什么……她不知道！否则她会给我留言的，她会跑来帮我……她讨厌你，这是肯定的，可是她爱我……她爱孩子们……但是你……"泣不成声。她努力站直离开墙，闭上眼睛深呼吸，想说话。可是做不到。她想说的必定十分沉重，分量极重，足以压碎她的声音。她只好将其藏在心底，寻找其他轻松、温和、容易脱口的话语："而你，你知道你有一个老婆和两个女儿！"她捶打起自己的肚子。一次，两次。仿佛要把深埋肺腑的沉重字句驱逐出去。她蹲下身子喊道："你扛着你那该死的卡拉什尼科夫冲锋枪的时候有一刻想过我们吗？你这混蛋……"仍然压抑着词句。

她定住了一瞬，然后重新闭上眼睛，垂下头，痛苦地、长久地呻吟着。她的肩膀依旧随着呼吸的节奏起伏。7次呼吸。

7次呼吸过后，她抬起头，用缀有麦穗花纹的袖子擦了擦眼睛。她向男人的方向看了很久，然后走近，朝着他的脸弯下腰，抚摸着他的手臂，祈求原谅："抱歉，我太累了，筋疲力尽了，"她低声说，"别留我一个人，我只有你了。"又高声道，"没有你，我什么都不是。想想你的女儿们吧！我该拿她们怎么办呢？她们还这么小……"爱抚的手停了下来。

外面不远处的某个地方，有人开了一枪。更近处另一个人还击。第一个人打了第二枪，另一个人没再有动静。

"毛拉今天不会来了,"她说,颇有些松了口气,"他害怕流弹。他和你的兄弟们一样胆小。"她站起来,踱了几步,"你们这群男人,全都是胆小鬼!"她又转回来,黑沉沉的眼睛盯着面前的人,"你那群兄弟,总说看到你和他们的敌人英勇战斗无比自豪,他们这会儿去哪儿了?"她缓了两下呼吸,沉默中蕴满愤怒,"一群懦夫!"她长呼一口气,"他们应该照顾你的孩子,照顾我——你的荣誉,他们的荣誉——不是吗?你的母亲又去哪儿了?她一直说哪怕为了你的一根头发丝,她也情愿牺牲自己!她永远不愿意承认,她的儿子,四处作战的大英雄,之所以挨了一枪子,只是因为和一个家伙——还是同一个阵营的——发生了点微不足道的争执,只是因为这家伙说了句:'我要往你老妈的下面吐唾沫!'就为了一句侮辱!"她向前跨了一步,"这太可笑了,太荒唐了!"她的目光在房间里游弋,然后沉沉地落在男人身上,后者也许能够听到她继续说:"你知道……你的家人,在离开镇子之前，是怎么对我说的吗？他们说不能照顾你的妻子和孩子了……你要知道：他们把你抛弃了。他们对你这副样子、对你的不幸、对你的荣誉不屑一顾！……他们把我们遗弃了……"她喊道，"我们，我！"那只拿着念珠的手向天花板举起，双唇吐出恳求，"安拉，帮帮我！……统治的主啊，统治的主啊……"房间里只剩下哭声。

念珠转过一圈。

她垂头丧气，结结巴巴地说："我……我要……我已经……疯了，"向后甩了一下头，"我为什么要告诉他这一切？我疯了。安拉，割掉我的舌头吧！让大地堵住我的嘴！"她蒙住脸，"安拉，请保护我，我迷失了，请给我指明方向！"

没有声音。

没有出路。

她的手没入男人的发间。从她干涸的喉咙里吐出恳求："回来吧，我求你，在我失去理智之前。回来吧，就看在你的孩子的分上……"她抬起头，蒙眬的泪眼投向和男人差不多相同的方向。"主啊，让他复活吧！"她的声音变得低沉。"他可是一直在以你的名义战斗。为了圣战！"她停了一下，然后继续，"而你，你就这样抛下他？！和他的孩子们？还有我？你不能，不可以，你没权利就这么撇下我们，身边没有一个男人！"她用擎着念珠的左手把《古兰经》拉到面前，怒火促使她从喉咙里挤出声音，"给我们看看你的存在！让他复活吧！"她打开《古兰经》，手指划过扉页上主的名字，"我向你发誓，我再也不会让他像个可怜的傻子一样上战场。我甚至可以以你的名义发誓！他以后就是我的，就在这里，和我一起。"一阵抽泣窒住了她的喉咙，只余低沉的哽咽，"统治的主啊。"她重新开始拨念珠，"统治的主啊……"一共99遍"统治的主啊"。

房里的光线变得昏暗。

"妈妈，我怕。太黑了。"一个女孩在门后的走廊上呜呜地叫着，女人起身离开房间。

"别怕，我的女儿。我在这里。"

"你为什么在大叫？我好害怕，妈妈。"孩子哭着说。

"我没有大叫，我在和你爸爸说话。"母亲安慰道。

她们从门前走开。

"你为什么叫爸爸'统治的主'？他生气了吗？"

"没有，不过如果我们吵到他，他就会生气。"

小女孩不再出声了。

夜幕完全笼罩了大地。

正如女人所料，毛拉没有来。

她回来时带着一盏防风灯，把它放在男人头侧的地板上，随后从口袋里掏出眼药水。她轻轻地将药水滴进他的眼睛。一滴、两滴。一滴、两滴。然后她又出门拿了一条被单和一个小塑料盆。她褪下男人腿上的脏兮兮的裤子，擦洗他的肚腹、双脚、性器官。洗完以后，她给男人盖上干净的被单，检查了一下糖盐水的流速，提着灯离开了。

一切又陷入长久的黑暗。

黎明时分，当毛拉用嘶哑的声音召唤信徒们开始祈祷时，走廊里传来拖在地上的脚步声。靠近这间屋子，又走远，再度返回。门开了，女人走了进来。她看了看男人。她的男人，仍然在那里，在同一个位置。然而他的眼睛有些出人意料。女人向前走了一步。那双眼睛是闭着的。女人又靠近了些。无声的一步、两步。她望着他，什么也分辨不出。她感到疑惑，退了出去。不到5

次呼吸的工夫，她带着防风灯走了回来。男人仍然闭着眼睛。她一下瘫在地上。"你睡着了？！"她颤抖的手搭上男人的胸口，他在呼吸，"是的……你在睡觉！"她喊道。她的目光在房间里扫来扫去，似乎想找个人分享这件事："他在睡觉！"

然而一片空荡。令她畏惧起来。

她拿起小地毯，展开铺在地上。做完晨祷以后，她依然坐着，手捧《古兰经》，翻开到夹有一支孔雀羽毛作为标记的地方。她取下羽毛，握在右手里，左手转动念珠。

读了几节经文之后，她把羽毛塞回去，合上《古兰经》，沉思片刻，被这根从圣书中露出的羽毛吸引了。她伸手抚摸着它，起初十分悲伤，尔后又变得激动。

她站起来，把毯子收好，走向门口。在出门前，她停住脚步，转过身来，走回男人身旁。她迟疑地伸出手，撑开他的一只眼睛，然后是另一只。她等了一会儿。那双眼睛没有再闭上。女人拿出眼药水，滴了几下。一滴、两滴。一滴、两滴。她又检查了一下注射袋，糖盐水还没用完。

　　在起身之前，她停顿了一下，担忧地注视着男人，问道："你还能再闭上眼睛吗？"男人的目光没有变化，没有回答。她相当坚持："可以的，你可以的！再来一次！"她等待着，然而一场徒劳。

　　她的手不安地从他的颈后拂过。一种刺激，一种恐慌，使她的手臂不住地颤抖。她闭上眼睛，咬紧牙关，深深地、痛苦地吸了一口气。相当吃力。她呼气时，收回了手，透过昏暗的灯光，观察自己颤抖的指尖，枯瘦的手指。她又起身把男人翻到一侧，将灯移近颈背察看，那里有一个苍白的小伤口，仍未愈合，虽然止住了血，但还没有结疤。

女人屏住呼吸，按了一下伤口。男人没有反应。她多使了几分力气。男人也没有呼痛，无论眼睛，还是呼吸，都毫无变化。"你都不疼的吗？！"她把男人重新放平，俯身望着他的眼睛，"你从来感觉不到疼！你从来没有疼过，从来没有！"她说，"我从没听说过有人脖子里留着一颗子弹还能活！你甚至不流血，不流脓，不痛苦，不受罪！你母亲一定会说：'这是一个奇迹！'……真是一个该死的奇迹！"她站了起来，"即使受了伤，你也能不用受罪。"她喉咙打了结，吐出的声音尖锐又刺耳，"受罪的是我！痛哭的是我！"说罢，她朝门口走去，带着满目的泪水和愤怒，消失在黑暗的走廊。防风灯在墙上映照出男人摇曳的影子，直到天光大亮，太阳穿透帘布上黄蓝交织的天空的孔洞，令灯光变得模糊不明。

一只小手犹豫着要不要打开房门，又或者是想打开但做不到。"爸爸!"一个孩子的呼唤盖过了房门嘎吱作响的声音。"你要去哪儿?"女人喊道。孩子随即放开了门,逐渐走远。"宝贝,不要打扰你爸爸。他生病了,正在睡觉。跟我来!"小女孩在走廊上跑起来。"那你呢,你去那边,还有大喊大叫的时候,不会打扰他吗?"孩子问道。妈妈回答:"会。"然后是一片沉默。

一只苍蝇不请自来,闯入寂静的房间。它落到男人的额头上,犹豫不决,徘徊不定,在他的皱纹上来来去去,舔舐他无味的皮肤。可能是无味的。

它落到他的眼角,依然犹豫不决,徘徊不定。它伸出触手尝了口眼白,然后收回。没人来赶它。它便继续前进,没入胡须,爬上鼻子。飞走,探索躯干。飞回,停在脸上。它紧紧攀住男人半张的嘴里的那根管子,舔舐着,又沿着它跑到嘴角。没有口水。没有味道。它继续前进,钻进口腔,坠了进去。

防风灯徒然呼出最后一息，然后熄灭了。女人走了进来。一股深深的疲倦同时占据了她的内心，以及她的身体。她慵懒地朝男人走了几步，再停下。比前一晚更加迟疑。目光绝望地驻留在那具了无生气的躯体上。她坐了下来，一侧是男人，一侧是摊开到扉页的《古兰经》。她的手指逐一抚过真主的尊名。数着数，停在第17个名字上。"瓦哈卜，厚施的主①。"她喃喃自语，嘴角皱起苦笑，"我不需要施予。"她抓起伸出《古兰经》的孔雀羽毛的尾端，"我没有勇气继续背诵真主的美名了。"她用羽毛轻拂自己的嘴唇，"赞美真主……祂将拯救你。若没有我，没有我的祈祷……祂也得这么做。"

一阵敲门的声音令女人陷入沉默。"一定是毛拉。"她一点也不想开门。敲门声又响起。她在犹豫。门外的人则在坚持。她走出房间，脚步声渐远，一直到街上。

---

① 厚施的主：原文为 Al-Wahhâb（瓦哈卜），意为厚施者。真主安拉的第16个美名。

她和什么人交谈起来。话音散失在院子里，被窗子挡在外面。

　　一只手有些惶恐地推开房门，一个小女孩进来了。乱蓬蓬的头发下面是一张柔软的脸。她睁着一双安静的小眼睛打量着男人。"爸爸！"她喊道，怯生生地向前走去，"爸爸，你睡着了吗？你嘴里的是什么？"她指着输液管，在爸爸身边停下来，犹豫着要不要把手放在他的脸颊上，"咦，你没有睡着！"她大喊，"为什么妈妈一直说你在睡觉？妈妈说你生病了。她不让我进来和你说话……可她一直在和你说话。"她刚想在爸爸旁边坐下，门口就传来妹妹的尖叫，妹妹被门缝夹住了。"闭嘴！"她对妹妹喊道，腔调神似她的妈妈，然后跑了过去。"跟我来！"她牵着妹妹的手走向她们的爸爸。短暂的疑惑过后，小妹妹爬上爸爸的胸膛，毫无章法地扯起他的胡子。姐姐则兴高采烈地欢呼："来吧，爸爸，说话！"俯身在他嘴边，摸了摸导管。"把这东西拿掉！然后说话吧！"她把管子拿开，希望能听到一个字。可惜没有。除了缓慢而深沉的呼吸，什么也没有。她凝视着爸爸半张的嘴，好奇地把小手伸进去，结果拽出了苍蝇。"一只苍蝇！"她一脸嫌恶地大叫，把苍蝇甩到地上。妹妹笑了，把皲裂的脸颊贴上爸爸的胸膛。

妈妈进门，惊慌失措地尖叫："你们在干什么？"冲向两个小淘气，"出来！过来！"拉着她们的胳膊。"有只苍蝇！爸爸吃了一只苍蝇！"两个女孩几乎同时喊道。"闭嘴！"妈妈命令说。

她们离开了房间。

被唾液淹没的那只苍蝇在基里姆地毯上独自挣扎。

女人回到房间里。在把导管重新塞进男人嘴里以前，她担忧且好奇地观察了一番。"苍蝇？"她什么也没看到，遂把管子归回原位，起身离开。

过了一会儿，她又回来把糖盐水倒进注射袋，并给男人滴眼药水。

任务完成，她没有在男人身边多做停留。

她不再把右手放在男人的胸口了。

她不再随着男人呼吸的节奏拨黑念珠了。

她出去了。

直到中午时分，毛拉召唤祈祷的声音响起，她才回来，却没有取出小地毯，铺开做祷告。她只是来给男人滴眼药水。一滴、两滴。一滴、两滴。然后又走了。

在呼唤祈祷以后，毛拉用嘶哑的声音祈求真主在这个星期三给予本地区的信徒以保护："……因为，正如我们的先知所说：这是一个不幸的日子，正是在星期三，法老和他的子民被淹死；正是在星期三，先知撒立哈的子民①、阿德人②和赛莫德人③迎来毁灭……"他停顿了一下，再开口时既惊慌又匆忙，"亲爱的信徒们，正如我一直向你们所说的那样，根据我们最崇高的先知的《圣训》，星期三是这样一个日子，它不宜流血，不宜给予，不宜接受。然而，由伊本·尤尼斯记载的其中一段《圣训》曾说，若是为了圣战，我们则可以选择星期三。今天，你们的兄弟，尊贵的指挥官，会为你们提供武器，使你们得以捍卫荣誉，捍卫血脉，捍卫部族！"

大街小巷，男人们高声喊着："安拉胡阿克巴④！"

---

① 撒立哈（Sâlih）：《古兰经》中记载的古代先知之一。

② 阿德人（Ad）：《古兰经》中记载的古代部落之一。

③ 赛莫德人（Thamoûd）：《古兰经》中记载的古代部落之一，先知撒立哈就是赛莫德族人。

④ 安拉胡阿克巴（Allah-o Akbar）：伊斯兰教大赞辞，即"真主至大"。

他们奔跑着，"安拉胡阿克巴！"声音远去，"安拉胡……"逐渐接近清真寺。

几只蚂蚁在基里姆地毯上的苍蝇尸体周围转来转去，一拥而上，把它抬走了。

女人走过来，向男人投以一个不安的眼神。她或许在担心，窗外召集男人们武装起来的呼声会让他重新站起来！

她待在离门不远的地方，手指摸着嘴唇，然后紧张地塞进齿列之间，仿佛要挖出不敢说的话。她还是离开了房间。门外响起准备午餐、与孩子们交谈玩耍的声音。

之后是午睡时间。

天色暗沉。

万籁俱寂。

女人回来了，这次没有那么紧张，在男人身边坐下来。"就在刚才，毛拉来了。他来参加我们的祷告会。我告诉他，从昨天开始，我就已经不洁了，来月经了，像哈娃一样。他不太高兴。我不明白为什么。是因为我胆敢拿自己和哈娃相比，还是因为我告诉他月经的事？总之他很不耐烦地嘟囔着离开了。以前他不是这样的，我们还可以跟他开玩笑。但是，自从你们在国内颁布了新的律法，他也变了。他害怕了，可怜的家伙。"

　　她的目光落在《古兰经》上。突然间，她被吓了一跳："该死，羽毛呢？！"她在书页间反复寻找，找不到。在枕头下面，也找不到。摸进口袋里，找到了。她长舒一口气，重新坐下。"……这个毛拉让我失去理智了！"她边说边把羽毛放回《古兰经》里，"我刚说到哪里了？……哦对，我的月经……当然，我对他撒谎了。"她向男人投去轻快的一瞥，与其说是得意，不如说是狡黠，"正如我对你撒谎一样……撒过很多次！"她把双腿靠在胸前，把下巴放在膝盖之间，"但无论如何我必须向你承认一件事……"她看了他很久，眼睛里仍然带着那种奇怪的忧虑，"你知道……"她的声音变得嘶哑，用口水清了清嗓子，抬起头来，"我们第一次上床那天……提醒一下你，是婚后第三年！那晚，我来了月经。"她的目光从男人身上移开，迷失在床单的褶皱里。她把左脸贴在膝盖上，带着疤痕的眼睛因不安而失焦。"我什么也没对你说。而你，你以为……那些血是我处女之身的标志！"一声闷笑，带动她蹲着的身体晃了一下，"看到那些血，你又高兴，又自豪！"她停了一会儿，观察了一阵，害怕听到愤怒的咆哮或是辱骂。什么也没有。于是，她温柔而平静地沉入记忆的深处："正常情况下，我不该来月经的。那不是正确的时间，提前了一星期，肯定是因为想到要见你，太焦虑、太害怕了。我的意思是，想象一下，和一个见不着面的男人订婚将近一年，结婚三年，这不是那么容易的！我那时候只知道你的名字，甚至没有见过你的面、听过你的声音、碰过你的肌肤。我很恐惧，恐惧一切，恐惧你，恐惧床，恐惧血。但同时，我又很喜欢那种恐惧。你是知道的，那种恐惧不仅不会使你远离你所求，反而会令你兴奋，给你助力，即使它有可能将你燃尽。我那时体会着的就是这种恐惧。日复一日，它在我体内生长，侵入我的五脏六腑……在你到来的前夕，它被清空了。那种恐惧不是蓝色的。不，是红色的，血一样红。我把这件事讲给我姑姑听，她劝我什么都别说……所以我一直缄默。而这搞得我很狼狈。虽然我的确是处女，但我真的很怕。我一直问自己假如那天晚上我没有落红，那将会……"她的手在空中扫来扫去，仿佛在追苍蝇，"……那肯定会是一场灾难。这种事我听说过太多了。我可以想象到一切。"她语带讥嘲，"用不洁的血冒充处子血，这主意太天才了，不是吗？"她依偎着男人躺下，"我一直不明白为什么对你们男人来说，自豪和血的关系如此密切。"她的手还高举在空中，手指摆动着，看起来好像在向什么看不到的人招手一般，"不过你还记不记得，我们刚开始同居的时候，有一天晚上，你回家晚了，醉得一塌糊涂，还吸了很多烟。我睡着了。你一句话也没对我说，就拉下我的长裤。我其实醒过来了，但装作睡死了。你就……进来了……你当时欲仙欲死……可等你起身洗漱的时候，看到你的那上面有血！暴怒之下，你回到床上，大半夜地打了我一顿，就因为我没有告诉你我来了月经。我把你弄脏了！"她冷笑道，"我让你不干净了！"她的手在空中抓住那段记忆，握成拳放了下来，伸手抚摸自己的腹部，那里起伏的速度比男人的呼吸要快。

她突然把手滑进长袍下面，大腿之间。她闭上眼睛，又深又重地呼吸，手指粗暴地探进两腿之间，活像要把刀子插进去一样。然后她屏住呼吸，收回了手，发出一声闷哼。她睁开眼睛，看了看指尖：是湿的。被血染湿。鲜红的血。她把手放在男人面前，尽管他并没有在看。

"看！这还是我的血，干净的。我的月经和干净的血之间有什么区别？这血有哪里让人厌恶吗？"她的手垂落到男人鼻子附近，"你就是从这种血里生出来的！它比你自己的血还要干净！"她粗鲁地触摸他的胡须，擦过他的嘴唇，感觉到他的呼吸。一阵痛苦的颤抖穿过她的皮肤，令她的手臂开始抽搐。她收回手，攥紧手指，用嘴抵住枕头，又发出一声尖叫。只有一声，但既长久又撕心裂肺。很长、非常长的一段时间，她都保持不动。直到送水工敲开邻家的门，老邻居低沉的咳嗽声穿透墙壁，送水工把羊皮袋里的水全部倒进邻居的水箱，而她的一个小女儿在走廊里哭了起来。于是，她起身离开房间，没敢看丈夫一眼。

后来，过了很久，等到蚂蚁已经把苍蝇的尸体搬到两扇窗之间那面墙的墙脚处时，女人带着一张干净的被单和小塑料盆回来了。她脱下遮着男人双腿的衣物，清洗他的腹部、双脚、性器官……然后再给他盖上。"比尸体还恶心！什么气味都没有。"说罢走开了。

又是夜晚。

房间淹没在绝对的黑暗里。

突然间，爆炸的刺眼闪光划破了黑夜。震耳欲聋的轰响震颤着大地。冲击波震碎了窗户。

外面响起撕裂喉咙一般的吼叫。

第二次爆炸。这次更近了，也更加剧烈。

孩子们哭起来。

女人尖叫起来。

她们惊恐的脚步声响彻走廊，随后消失在地下室里。

外面，不远处，有东西着火了，也许是邻居家的树。火焰的光芒撕裂了院子和房间的黑暗。

外面，有人喊叫，有人痛哭，有人用卡拉什尼科夫冲锋枪射击，枪声不知从何而起又向谁而去……他们射击，射击……

一切终于在晨曦微明的灰色天光中停止。

浓重的寂静笼罩在烟雾弥漫的街道上，笼罩在只剩一副死气沉沉的花园样貌的院落中，笼罩在一如既往地躺着一个满身灰尘的男人的房间里。一动不动，没有知觉，只有缓慢的呼吸还在持续。

迟疑的开门声，走廊上谨慎的脚步声，都没有打破这死一般的寂静；反倒凸出了这份寂静。

脚步声在门后停下。经过一段长时间的停顿——男人呼吸了4次——门打开了。女人进屋以后，目光并没有立刻落在他身上，而是首先查探了一下房间的状况：窗玻璃碎了一地，窗帘上的候鸟纹样、基里姆地毯的暗色条纹、摊开的《古兰经》、不剩几滴糖盐水的输液袋上都蒙着一层烟尘……随后,女人的视线扫过覆盖男人双腿的被单,拂过他的胡须,最后到达他的眼睛。

她畏惧地迈步靠近,停了下来,凝视男人起伏的胸脯。他在呼吸。她继续向前走,弯下腰,想看清他的眼睛。是睁着的,只是覆盖着黑色的灰尘。她用袖口擦除干净,拿起瓶子,把眼药水滴进每只眼睛。一滴、两滴。一滴、两滴。

她小心翼翼地抚摸着男人的脸,拂去烟灰,然后也不再动了。深重的焦虑压在她的肩头,她像往常一样,和男人同频呼吸。

邻居低沉的咳嗽声划破了灰色黎明的寂静,女人把头转向窗帘上的黄蓝天空。她站起来,走到窗前,脚下是玻璃的碎片。她试图透过窗帘上的洞寻找邻居。一声高亢的尖叫刺进她的胸口。她冲向房门,到走廊上。但一辆坦克发出的震耳欲聋的轰鸣止住了她的势头。她失魂落魄地回来。"门……我们家临街的大门被毁了！邻居家的墙也……"她惊恐的声音被坦克的动静所掩盖。她的目光再次在房间里逡巡，并死死地停在窗前。她走近窗子，拉开窗帘，悲鸣道："不！不，别这样！"

坦克的声音消失了，邻居的咳嗽声又传了回来。

女人倒在玻璃碎片上。她闭着眼睛，声音滞涩，恳求道："主啊……仁慈的主，我属于……"突然，开火的声音令她陷入沉默。之后是第二声。一个男人高喊："安拉胡阿克巴！"坦克也在射击。爆炸撼动着整栋房子，撼动着女人。她趴倒在地，匍匐爬向门口，到达走廊，跑下地下室的楼梯，和惊恐的小女儿们待在一起。

男人仍旧一动不动，无动于衷。

射击终于停止——也许是弹药用光了——坦克驶离了。然后又是带着烟熏味的浓厚而长久的寂静。

　　在这尘土飞扬的沉沉死气当中，一只蜘蛛垂到两扇窗之间那面墙的墙根，围着被蚂蚁抛下的苍蝇尸体打转。它检查了一番，也抛诸脑后了，转而在房间里来回往复，然后回到窗边，攀附在窗帘上，爬了上去，在那片黄蓝天空中不动的候鸟纹样上漫步。它离开那片天，爬上天花板，消失在腐朽的横梁间，也许是去织网了。

　　那个女人又出现了。再一次用塑料盆、毛巾、被单，打扫着一切。玻璃的碎片，房间里的烟尘。她又出门，又进来。向输液袋中倒入糖盐水，在男人旁边坐下，把瓶子里仅剩的几滴眼药水滴进去。一滴。她等了一下。两滴。她停了下来。瓶子空了。她离开了。

蜘蛛再次在天花板上出现。它挂在蛛丝的末端，慢慢下降，落在男人胸口。它犹豫了片刻，沿着被单蜿蜒的线条，爬向他的胡子。它很警惕，转头溜进布料的褶皱里。

女人回来了。"还会有反击的！"她说道，一脸坚决地走向男人，"我必须带你到地下室。"她把导管从他嘴里拿出来，两手抓着他的腋下，把他抬起来，拖着这副骨架，一直拖到基里姆地毯上，停了下来。"我没力气了……"她绝望地说，"不行了，我永远没办法把你带进地下室。"

她把他拉回床垫上，重新插入管子。有一阵时间，一动不动。她喘着粗气，紧张地看着他，最后说："如果有枚流弹能彻底解决你，那就更好了！"她骤然起身拉上窗帘，迈着愤怒的步伐离开了房间。

邻居的咳嗽声撕裂了午后的宁静，也撕裂了她自己的胸膛。她一定是在墙体的废墟上行走。她的脚步缓慢而犹疑，拖过花园，接近房子。窗帘的候鸟上叠着她的残影。她咳嗽着，喃喃地念叨着一个听不清的名字。她咳嗽一下，等了一会儿。什么也没等到。她动了动身子，走开了，又念了一遍那个名字，又咳嗽起来。依然没有回应。她呼唤起来，接着咳嗽。这下她不再等了，也不再喃喃自语。她哼唱着什么，也许是一些名字。然后就走了，走远了。接着又返回。尽管街上很吵，她的哼唱声依然清晰可闻。外面传来靴子的声音。那是战士的靴子。他们奔跑着，四散开，可能躲在什么地方，躲在墙体后面，躲在瓦砾之中……等待夜晚的到来。

今天，送水工没有来。男孩也没有骑车穿过马路，哼唱"莱莉，莱莉，莱莉，亲爱的，亲爱的，亲爱的，你伤透了我的心……"。

大家都躲了起来。保持沉默。并等待着。

夜幕降临城市，城市陷入恐惧的麻木当中。

然而枪声始终没有响起。

女人回到房间检查了一下输液袋里的糖盐水，就一言不发地离开了。

邻居老太太还在咳嗽和哼唱。她离得既不远也不近，一定是在曾经隔开两座房子而今已成断壁残垣的院墙那里。

在邻居哼哼唧唧的抱怨声中，沉重的、危险的困意侵袭了这所房子、所有房子、整条街道。直到再次听到靴子的声音，老太太才停止唱歌，但咳嗽还在继续。"他们回来了！"她的声音在黑夜中颤抖。

他们来了，那些靴子。他们走近，赶走了老太太，闯进院子里，并继续深入。他们走到窗前。透过破碎的窗格，一支步枪的枪管拨开了带有候鸟图案的窗帘。窗户被枪托砸碎。三个咆哮的男人跳进屋里："都别动！"没有任何动静。其中一个人点燃了火把，举向瘫着不动的男人，吼道："待在原地，否则我就踢你的屁股！"然后把靴子踩上他的胸口。这三人的头和脸都被黑色的头巾遮住了。他们围在那个仍在缓慢而无声地呼吸的男人身边。三人之一向他俯身："妈的，他嘴里有根管子！"把管子拔出来，"你的枪呢？"他喊道。躺着的人神情呆滞，目光迷失在漆黑的天花板中，蜘蛛可能已经在那里织好了网。"跟你说话呢！"擎着火把的人喊道。"他没救了！"第二个人得出结论，弯下腰摘下他的手表和金婚戒。第三个人搜遍了房间的每一个角落：床垫下、枕头下、纯绿窗帘后面、基里姆地毯底下……"什么都没有！"他叹气。"去看看其他房间！"拿着火把、脚踩着男人胸口的第一个人命令道。另外两个人听令，消失在走廊里。

留下的这人用枪管掀开床单，露出了脚下男人的身体。这种萎靡和沉默似乎惹恼了他，他用靴子后跟使劲踩着男人的胸口。"你在看什么呢？"他本以为会听到一声呻吟，结果什么都没有，没有一点应激反应。他心烦意乱地又试了一次，"你能听到我说话吗？"并仔细打量那张了无生机的脸。他气急败坏地喝道："你的舌头被割掉了吗？"然后又吼，"你是死了还是怎么？"最后他闭嘴了。

他怒气冲冲地深吸一口气，抓住男人的衣领，把他提了起来。看到那苍白、憔悴的脸，他感到有些害怕。他松开手，退到一边，忐忑不安地停在门口。"伙计们，你们在哪儿？"咕哝的声音从头巾后面闷闷地传出。他瞥了一眼夜色深重的走廊，又喊了句："你们在吗？"他的声音在虚空中回荡。他的呼吸也变得漫长而深沉。他回到屋里的男人身边，再次盯着他。有些东西令他既好奇又焦躁。他的火把照过那具没有生命的躯体，又回到那双睁大的眼睛上。他用靴尖在那人肩膀上轻轻踢了一下。还是没有一点反应。他把枪举到那人的视野里，又把枪管放在他的额头上按了一下。还是一无所获。他喘了口气，回到了房门处，终于听到另外两人在其中一个房间里傻笑。"干吗呢他们？"他咕哝着，很害怕的样子。两个同伴笑着回来了。

"发现什么了？"

"看！"其中一个人说，向他出示了一个胸罩，"他有个老婆！"

"我知道。"

"你知道？"

"真是蠢得可怜，你都把他的结婚戒指摘下来了，不是吗？"

第二个人把胸罩扔在地上，"她奶子肯定很小！"他和同伙嬉笑道。但手拿火把的人没有跟着笑，他还在沉思。"我觉得我认识他。"他一边喃喃自语，一边向地上的男人走去。另外两人跟着他。

"他是谁？"

"我不知道他叫什么。"

"他是我们的人吗？"

"我想是的。"

他们站着，脸孔仍然被黑色的头巾遮住。

"他说话了吗？"

"没，什么也没说。动都没有动。"

其中一个人踢了他一脚。

"嘿，醒醒！"

"停下，你没看到他眼睛已经睁开了吗？"

"你把他干掉了？"

拿着火把的人摇摇头，问道："他老婆呢？"

"屋里没人。"

又是一片寂静。在漫长的沉默中，一切都被男人呼吸的节奏同化了，变得缓慢而凝重。其中一人终于受不住了："那我们怎么办？走吗？"没人回答。

他们都没有动。

邻居老太太的歌声再次传来，夹杂着她暗哑的咳嗽声。"那个疯女人回来了。"一个人说。"也许是她妈。"另一个人猜测。第三个人从窗户离开房间，冲向老太太："老妈妈，你住这里吗？"她哼唱着："我住在这里……"咳嗽一声，"我住在那里……"又咳一声，"我想住哪里住哪里，住我女儿家，住在国王家，住我想住的地方……住我女儿家，住在国王家……"再度咳嗽起来。持枪的人又一次把她从自家房子的废墟中赶了出去，回过身来，说："她已经完全疯了！"

咳嗽声渐渐消失，淹没在远处。

擎着火把的人看到地上的《古兰经》，急忙跑过去，捡起它，跪下来，亲吻它，同时透过头巾祈祷。"他是一个好穆斯林！"他感叹道。

他们又陷入了无言的思考。直到他们当中的一个人，还是那同一个人，变得不耐烦起来："好吧，我们现在在干吗？巡逻，该死！我们可不能白白把这个街区炸一遍，对吧？！"三人起身。

拿着火把的人用被单盖住躺着的男人，把管子放回他嘴里，并向其他两人发出信号，示意他们离开。

他们走了，带走了《古兰经》。

又到黎明。

又是女人的脚步声。

她从地下室的楼梯上来，穿过走廊，进入卧室，发现门开着，窗帘敞着，并没有感到惊讶；没有一刻想到有人曾经闯入。她瞥了一眼她的丈夫。他在呼吸。她出门后端着两杯水回来了。一杯用来往注射袋里倒，另一杯用来湿润男人的眼睛。即便此时，她也没有发觉什么异样。也许是因为太黑了。天还没有亮，太阳还没有穿透带有天空及候鸟图案的窗帘。又过了一会儿，直到她回来给男人换被单和衬衫时，才终于注意到他光秃秃的手腕和手指。"你的表呢？戒指呢？"她查看他的手、口袋，又在被单底下好一阵翻找。她不安地在房间里走了几步，又转回来。"发生什么了？"她担心，又惊惶，自问道，"有人来过吗？"然后走到窗前，"是的，有人来过！"看到破碎的窗户，她恐慌地大喊，"可是……我什么也没听到！"她向后退了一步，"我睡着了！我的主啊，我居然？"她手足无措地跑到走廊上，甚至忘记给男人盖好被单。她走回门口，拾起她的胸罩。"他们搜查了房子吗？！他们没到地下室去？！"她倒在男人身边，抓住他的胳膊，哀叫，"都是你干的……你动了！你做一切就为了吓唬我！为了让我发疯！是你！"她猛烈地摇晃他，拔掉管子，等待着。依旧没有一点迹象，没有一点声音。她把头埋进肩膀中，一声啜泣撕裂喉咙，使她浑身颤动。在一声压抑的长叹之后，她站了起来，用袖口擦了擦眼睛，把管子放回男人嘴里，走了出去。

她去其他房间查看了一遍。当邻居的咳嗽声越来越近时，她停了下来，急忙跑到院子里，叫住老太太："比比 ①……昨晚有人来过吗？"

"有，我的女儿，还有国王……"咳嗽一声，"他来看我……还爱抚我……"她笑了，又咳嗽一声，"你有面包吗，我的女儿？我把我的都给国王了……他很饿。他很英俊，这个国王！英俊得要命！他让我唱歌。"她开始唱："哦，善良的国王／我为自己孤身一人而哭泣／哦，

① 比比（bibi），阿富汗部分地区对老太太的亲切称呼。

国王……"

"其他人呢？你丈夫呢，你儿子呢？"女人继续打听。老太太止住歌声，悲伤地继续她的故事："国王听到我的歌，哭了！他甚至要求我丈夫和儿子跟着我的歌声起舞。他们跳起了舞。国王要求他们跳亡灵之舞……他们都不知道……"她微笑起来，继续说，"所以国王就告诉他们了，砍掉他们的头，把燃烧的油浇在他们的身上……然后他们开始跳舞！"她重新唱起悲歌："哦，国王，你知道我的心无法忍受你不在 / 你该回来……"女人再次打断她："可是发生……我的主啊……你的房子！你的丈夫，你的儿子……他们还活着吗？"老太太的声音像孩子一样细弱："对，他们在那儿，我的丈夫，我的儿子……在房子里……"一声咳嗽，"他们把头夹在胳膊底下，"又一声咳嗽，"因为他们对我很生气！"她一边咳一边哭，"他们不跟我说话了！因为我把所有面包都给了国王。你想看看他们吗？"

"但是……"

"来吧！和他们说说话！"

她们走远了，穿过废墟。什么也听不到了。

突然，一声惨叫，那是女人的惨叫。那声音吓破了胆，也令人胆寒。她的脚步声在石板上翻滚，在废墟间踉跄，穿过花园，回到家里。她还在尖叫，不住呕吐，不住哭泣。她在屋里跑来跑去，像个疯婆子。"我要离开这里。我要去找我姑姑。不惜任何代价！"她惊惶的声音响彻走廊、房间和地下室。然后她带着孩子们上来，她们没有过去看一眼那个男人，就径直离开了家。可以听到她们远去的脚步声，接着是老太太的呛咳和歌声，以及随之引来的孩子们的哄笑声。

万物都淹没在男人的沉默和呆滞之中。

这状态持续着。

很长一段时间。

不时有苍蝇振翅掠过这方寂静天地。起初，它们飞来时目标坚定而明确，但在完整参观过一遍房间以后，也不由得在男人的身上迷失了方向。然后它们纷纷飞走。

有时，一阵微风吹动窗帘。候鸟原本被固定在黄蓝交织、满是孔洞的天空中，这下似乎也有了轻风做玩伴。

哪怕飞来一只黄蜂，那危险的嗡嗡声也无法扰乱房内的昏沉和麻木。它在男人周围游荡，在他额头上落脚——有没有蜇他，我们永远都不会知道——然后飞到天花板上，飞到腐朽的横梁上，也许想在那里筑巢。不过，它的安家之梦终结于蜘蛛网的陷阱。

它不停挣扎。终究消失。

仅此而已。

然后夜幕再度降临。

枪声响起。

邻居和她那仿佛来自九泉之下的咳声、歌声一同回来了。然后很快消失。

那个女人，没有回来。

黎明时分。

毛拉发出了祈祷的召唤。

枪炮偃旗息鼓，但烟雾和火药味延续着它们的气息。

随着第一缕阳光，穿透窗帘黄蓝相间的天空中的小孔，女人回来了。独自一人。她直接回到房间，去找她的丈夫。她先摘下面纱，站了一会儿，用眼睛查探着一切。没有任何东西被移动。没有任何东西被拿走。只有输液袋空了。

女人放下心，动了起来。她蹒跚地走到床垫跟前，男人半裸着躺在上面，就像她前一天离开时一样。她盯着他看了很久，仿佛又在数他的呼吸。她刚准备坐下，突然愣住了，大叫道："《古兰经》呢？！"焦虑再次充塞她的双目。她仔细看过房间的每一个角落。没有神的话语的踪迹。"念珠呢？"她在枕头下找到了，"又有人来过？"又是疑问，又是担心，"昨天《古兰经》还在，不是吗？"她又有些不确定，坐倒在地上。突然间喊道："羽毛！"并开始怒火冲天地四处搜寻，"我的主啊！羽毛！"

附近孩子们的声音响了起来。他们在废墟间嬉戏。

"哈吉莫哈雷？"

"巴雷？"

"谁选火？谁选水？"

女人走到窗边，拉开窗帘，问孩子们："你们有看到谁进过我家吗？"所有人异口同声地喊道："没看到！"

然后继续他们的游戏，"我选火！"

她离开房间，把整栋房子检查了一遍。

她疲惫地走回来，靠着两窗之间的墙坐下。"究竟谁来了？他们对你做了什么？"从她的眼睛里可以读出一种夹杂着慌乱的担忧，"我们不能再待在这里了！"她突然陷入沉默，好似被谁打断了一般。短暂的犹豫之后，她又继续说："但要怎么处理你呢？你这副样子，我能把你带到哪儿去呢？我想……"她的目光落在了空了的输液袋上，"我得找点水。"她说道，为了给自己一点时间。她站起身，端着两杯水走了回来。做完日常家务，她坐下来，一边戒备，一边冥想。几息之后，她得以用一种几乎得胜般的腔调宣布："我成功找到我姑姑了。她去了城北，一个更安全的地方，她表兄家。"她顿了一下。她业已习惯这样的停顿，尽管她所期待的反应一次都没有到来。然后她继续说："我把孩子们留在她那里了。"又停顿了一下。然后，她变得难以自持，喃喃道："我在这里很害怕。"似乎在为她的决定辩护。不过并没有任何迹象、任何话语对她表达赞同。于是她低下头，声量也变轻："我害怕你！"她的眼睛在地上找寻着什么。在找合适的言语。但更重要的是，在找胆量。她找到了，抓住了，抛了出来："我没什么能为你做的。我想一切都结束了！"她再次沉默，然后匆忙而坚定地说，"听说下次不同派别打起来，前线就会是我们这个街区。"她生气地补充，"你知道的，对吧？"再次停顿了下，仅一息，便找回勇气，说，"你的兄弟们也是，他们都知道！所以他们才都离开了。抛弃我们！这群懦夫！他们之所以没有把我带走，是因为你还活着！如果……"她吞了口唾沫，也吞下她的怒火，缓和了语气继续说，"如果……你已经死了，事情就会不一样了……"她暂停思绪，犹豫了一下，长出一口气后，下定决心吐口："他们中的一个就会和我结婚！"一阵发自内心的冷笑使她的声音有些怪异，

"也许他们更希望你死掉。"她哆嗦了一下，"这样他们就可以……睡我！问心无愧地睡。"说罢，她忽而起身，走出房间。在走廊里，她紧张的脚步往复徘徊。她在寻找什么。寻找冷静，寻找安宁。然而她回来时却更加激动了。她冲向男人，接着前言说下去："你的兄弟们，他们一直想睡我！他们……"走远，又走近，"他们窥视我……在你离开的那三年里一直那样……每次我洗澡，他们都会从土耳其浴室的小窗偷窥我，还边看边……手淫。夜里，他们也经常偷窥我们……"她的嘴唇颤抖，两手无措地忙来忙去，一会儿埋进她的头发里，一会儿藏进长裙的褶皱里。她徘徊的双足踩在旧基里姆地毯的暗淡条纹上，没发出一点声响。"他们在手……"这话戛然而止，她又火冒三丈地离开房间，去呼吸新鲜空气，发泄她的愤怒，"这帮流氓！这帮混蛋！……"她气急败坏地喊着。接着，很快传来哭泣和哀求："我在说什么呢？我为什么要说这些？主啊，请帮帮我！我再也控制不了自己了。我在胡言乱语……"

她强行让自己沉默下来。

刚才在废墟上玩耍的孩子们不见踪影。他们终于挪窝了。

女人再次出现时，披头散发，目光迷茫。她绕了几步，走过来，斜倚着男人的头。"我不知道自己是怎么了。我的力量正在一天一天地衰竭。我的信仰也一样。你得理解我。"她爱抚着他，"我希望你能思考，能听到，能看到……看到我，听到我……"她靠着墙，安静地度过了一段漫长的时间——也许是念珠转了十几圈的时间，她还在随着男人呼吸的节奏拨动珠子——她在反思，进入人生的幽处，携着回忆回来："你从来不听我说话，你从来没听过我的话！我们从来没有谈论过这些事情！我们都结婚十多年了，但我们共同生活的时间只有两三年。

不是吗？"她数了数，"没错，十年半的婚姻，三年的共同生活！我现在才开始算。我今天才意识到这一切！"一个微笑。一个极短的苦涩微笑，便代替了一千零一个词，诉尽她的遗憾，她的懊悔……但很快，回忆又夺取了话语权："那时候，我甚至没有质疑过你的缺席。对我来说如此理所当然！毕竟你是在前线。你在以自由的名义、以真主的名义战斗！这就让一切都变得名正言顺。也让我充满希望和自豪。仿佛某种形式上，你是在的，在我们所有人当中。"她的双眼穿透时间，又回望到……"你的母亲，顶着她丰满的胸脯来到我们家，向我妹妹提亲。但还没轮到她结婚，所以轮到我了。而你母亲只是简单地回答了句：'好吧，没关系，那就她吧！'然后在我倒茶的时候，用粗粗的食指指着我。我在慌乱中打翻了茶壶。"她用手掌遮住自己的脸。出于羞愧，又或者是为了赶走脑海中婆婆的形象，她婆婆那时一定在嘲笑她。"你呢，你甚至毫不知情。我父亲本来就日盼夜盼，当然毫不犹豫地接受了。他根本不在乎你的缺席！你到底是何方神圣？根本没人知道。对我们所有人来说，你只是一个名字：英雄！而且就像所有的英雄一样，不在！对一个 17 岁的女孩来说，与英雄订婚是很美好的。我告诉自己：真主也不在，但是我爱祂，我信仰祂……总之，在没有未婚夫的情况下，我们就办了订婚庆典！你母亲说：'很好，胜利就在眼前了！很快战争就会结束，就会迎来解放，我儿子就会回来！'将近一年以后，你母亲又回来了。胜利还遥遥无期。于是她说：'把一个年轻的未婚妻放在父母身边这么久是很危险的！'所以，尽管你不在，我也得嫁给你了。在婚礼上，只有你的相片和那把该死的匕首摆在我身边，代替你出席。而我不得不再等你三年。三年！三年间，我不能见我的小姐妹、我的家人……因为处女新娘不宜和其他已婚女孩频繁来往。真是胡扯！我不得不和你母亲睡在一起，她在监护我，或者说在监护我的贞操。而这一切在每个人看来都那么稀松平常，那么理所当然。甚至对我来说也是如此！我没有名义感到孤独。晚上和你母亲睡一起，白天和你父亲聊天。幸运的是，还好有你父亲。多好的一个人啊！我只有他了。可你的母亲无法忍受。她一看到我和他在一块儿，就警铃大作。她会立刻把我赶进厨房。你父亲常常给我读诗，给我讲故事。他让我读书、写字、思考。他很爱我，因为他很爱你。当你为自由而战时，他为你感到骄傲。他和我说过这些。解放以后，他才开始恨你，同时也恨你的兄弟，因为你们那时只是在为权力而战。"

废墟之中再次回荡起孩童的叫声，他们闯进院子，闯进房子。

她沉默不语。听着那些孩子们继续他们的游戏：

"哈吉莫哈雷？"

"巴雷？"

"谁选脚？谁选头？"

"我选脚。"

他们再次回到街上。

她这才重新开口："我怎么会说起你父亲？"她用头在墙上蹭着，似乎在思考，在记忆里检索……"哦对，因为我在谈论我们俩，谈论我们的婚姻，谈论我的孤独……就是这样。等了三年，你回来了。我记忆犹新，好像昨天的事一样。你回家的那天，也是我第一次见到你的那天……"她从胸口挤出一声哂笑，"你就像今天这样，不说一句话，不看我一眼……"她的目光落在男人的相片上，"你坐在我旁边，仿佛我俩认识似的……仿佛你只是在短暂的离家后再次见到我，或者仿佛我只是一个寻常的战利品！我一直在看你，但你的眼睛却定格在不知什么地方。我到现在也不知道你这样是出于谦虚还是出于自尊。这不重要。但是我，我看到了你，偷偷看着你，凝望着你。关注着你身体最细微的动作，关注着你脸上最细微的表情……"她的右手在男人脏兮兮的发间穿梭，"而你，满不在乎，一脸傲慢，心思跑到别处去了。智者果然所言非虚：永远不该指望了解武器之乐的人！"又是一阵笑声，但这次相当柔和的，"武器对你们来说就是一切……你可能知道这个故事，军营里，一个军官正在向新兵展示武器的价值。他问一个叫贝纳姆的年轻士兵：'你知道你肩上扛的是什么吗？'贝纳姆说：'知道，长官，是我的枪。'军官大骂：'不，你这个傻瓜！这是你的母亲，你的姐妹，你的荣誉！'然后他向另一个士兵问了同样的问题。士兵回答说：'知道，长官！是贝纳姆的母亲，贝纳姆的妹妹，贝纳姆的荣誉！'"她依然在笑，"这个故事可真对。你们这些男人！一旦有了武器，就会忘记家里的女人们。"她又陷入了沉默，但并没有停手，爱怜地、长久地抚摸着男人的头发。

随后，她语带歉意地说："在我订婚的时候，我对男人一无所知，对婚姻生活一无所知。我只认识我的父母。

可真是一对模范夫妻？！我父亲唯一感兴趣的，就是他的鹌鹑，专门斗鹌鹑用的！我经常看到他亲吻他的鹌鹑，但从来没有亲吻我的母亲，或者亲吻我们——他的孩子。我家有 7 个孩子。7 个缺少父爱的女孩。"她的眼睛迷离地注视着窗帘上展翅的候鸟，似乎在那里看到了她的父亲，"他总是盘腿坐着。左手拿着鹌鹑，放在他的袍子上，就是那玩意儿的位置，不住地爱抚，鹌鹑的小爪子从他指间露出来；右手则用一种很下流的方式抚摸它的脖子。这个状态他可以持续好几个小时！即使有人拜访，他也不会停止他的 gassaw——他就是这么叫的。对他而言这就像是某种形式的祷告。他为此，为他的鹌鹑感到非常自豪。有一次，我甚至看到他在天寒地冻的时候，把一只鹌鹑塞进裤子里，放在他的 kheshtak 里！我那时候还很小。很长一段时间，我都以为男人两腿之间都会有一只鹌鹑！这么想还挺好玩的。你可以猜猜看，当我第一次看到你的睾丸时，我有多失望！"她露出一个微笑，停住嘴，闭上了眼睛。她的左手漫无目的地穿梭在披散的头发间，抚摸着发根。"我讨厌他的鹌鹑。"她睁开眼，悲伤的目光又停留在窗帘那片坑坑洼洼的天空上，"每个星期五，他都带鹌鹑去卡夫公园比赛。他还赌钱。有时能赢，有时会输。每当输了钱，他就会变得神经质，又刻薄。回家以后会暴怒，随便找借口打我们……也打过我母亲。"她停顿了一下。某种痛苦打断了她。那种痛苦直蹿到指尖，使得她更使劲地把手扎进黑发根部。她挣扎着继续说："某场比赛，他大概赢了很多钱，我猜……但他把赢来的所有钱都拿去买了一只昂贵的鹌鹑。然后花了好几周时间，为一场非常重要的比赛做准备。然后……"她笑了，苦笑，半是讽刺，半是绝望，继续讲道，"讽刺的是，他输了。因为没钱兑现赌约，他就把我姐姐送出去了。我的姐姐，才12岁，就不得不被一个40岁男人带走了！"她的指甲离开发根，顺着额头，摸到左眼角的疤痕，"当时我只有10岁……不……"她想了想，

"对，10岁。我很怕。我怕自己也变成赌注。所以你猜我对他的鹌鹑做了什么？"她停了一下。不知道是为了给她的讲述增加悬念，还是因为她在犹豫应否透露后续。最终她还是选择继续讲："有一天……那是一个星期五，当他去清真寺做祷告的时候，我趁他去卡夫公园之前，把鹌鹑从笼子里放出来，让它飞走，正巧那时有只红白相间的流浪猫伏在墙头。"她深吸了一口气，"那只猫抓住了它。把它带到一个角落里，静静地吃掉了。我就跟在后面，只是站在旁边看着。我从未忘记过那一刻。我甚至祝那只猫'吃得高兴'。看着猫吃鹌鹑，我很快乐、很满足。那是我的一个幸福瞬间。不过很快，我就感到一种嫉妒。我想变成那只猫，好好享受我父亲的鹌鹑。我又嫉妒又悲伤。而那只猫对嘴里这只鸟的价值一无所知。它无法分享我的喜悦和胜利。'太浪费了！'我对自己说，然后一下子冲到猫那里，去抢鹌鹑的残骸。猫抓破了我的脸，带着鹌鹑跑了。我好沮丧，好绝望，于是像苍蝇一样去舔地上的几滴鹌鹑血。"她的嘴唇变得扭曲，仿佛仍然能感觉到血的湿润和温暖，"我父亲回家后，发现笼子空了，就疯了。疯得不成人样，大吼大叫。他把我的母亲、姐妹还有我通通打了一顿，因为我们没有看好他的鹌鹑。他那该死的鹌鹑！在他打我的时候，我大喊做得好……因为就是因为那只该死的鹌鹑，我姐姐才不得不离开！我父亲全都懂了，把我锁进地下室。那里很黑。我在里面过了两天。他还放了一只猫进去——肯定是在附近游荡的另一只流浪猫——他很高兴地警告我说，这猫饿了，它会把我吃掉。不过幸运的是，我们家闹老鼠。这只猫就成了我的朋友。"她停下来，不再回忆那间地下室，回过神来，回到男人身边。她有点局促，看了他很久，然后忽然从墙边起身，低声说："可是……我为什么要告诉他这些呢？"记忆淹没了她，她只好重重地站起来，"我本来不打算让任何人知道的。永远都不！甚至我的姐妹也不知道！"她快快地离开房间。她的恐惧在走廊里回荡："他把我弄疯了！让我变得软弱！他催我说出来！催我承认错误！他在听我说话！他听得到！肯定的！他在试图接近我……毁了我！"

她把自己锁在一个房间里，在绝对的孤独中压制她的痛苦。

孩子们仍旧在废墟之间喧哗吵闹。

太阳移到房子的另一边，从窗帘布那黄蓝相间的天空的孔洞中收回它的光线。

晚些时候，她回来了。双目沉沉，双手颤抖。她走近男人，停下，深吸一口气，突兀地抓住导管，闭眼把它从男人口中抽出。她转过身，依旧闭着眼睛，犹犹豫豫地向前迈了一步，呜咽道："主啊，请原谅我！"说罢抓起面纱，消失了。

她跑走了。跑入花园。跑到街上……

糖盐水从悬垂的管子里一点一滴地洒在男人额头上，淌进他的皱纹凹处，蜿蜒下到他的鼻根，再从那里溢出到他的眼窝，并顺着干裂的脸颊流下，最后流进浓密的胡子里。

夕阳西下。

武器苏醒。

今晚，毁灭再现。

今晚，杀戮再现。

到了早上。

天下起雨。

落在城镇和它的废墟上。

落在尸体和他们的伤口上。

在最后一滴糖盐水淌尽之后，又过了几次呼吸的工夫，湿漉漉的脚步声在院子里响起，来到走廊。来人没有脱掉泥泞的鞋子。

房门缓缓打开。是那个女人。她不敢进来，用那种奇怪的忧虑观察着男人。她把门又推开了些，又在等待。没有任何动静。她脱下鞋子，慢慢地溜进去，在门口停下。她摘下面纱，打了个哆嗦，可能因为寒冷，可能因为恐惧。她往前走，直到脚挨上男人身下的床垫。

呼吸节奏一如往常。

嘴巴依然半张。

神色依然嘲讽。

眼睛依然空洞，没有灵魂……但今天却被泪水打湿了！她蹲下身子，惊恐万分。"你……你哭了？"她瘫坐下来。不过她很快就意识到，那不是眼泪，是从管子里流出来的糖盐水。

她从干渴的喉咙里挤出一种令人不安的声音："你是

谁？"过了一会儿，呼吸了两次，"为什么主不派亚兹拉尔①来彻底了结你？"她一下脱口而出，"祂想从你这里得到什么？"她抬起头，"祂想从我这里得到什么？"她声音低沉、语带忧郁地自问道，"你一定会告诉我：'祂想惩罚你！'"她摇摇头，用更清晰的嗓音说，"你错了！也许祂在惩罚你，你！祂让你活着，是想让你看看我能对你做些什么。祂在让我变成恶魔……为了你，也对抗你！是的，我是你的恶魔！就是我！"她在床垫上坐下，避开男人凝重的目光，沉默地思考了很长时间。她的思绪去了别处，回溯了很遥远很遥远的时间，回到恶魔在她身上诞生的那一天。

　　"昨天我跟你说了那么多，你一定会告诉我，我小时候就已经是个恶魔了。在我父亲眼里是个恶魔。"她的

---

① 亚兹拉尔（Izra'el）：伊斯兰教中手操生死簿的死亡天使。

手轻轻地触摸着男人的手臂，爱抚着它，"但对你来说，我从来不是那样的人，对吧？"她点点头，"对，也许是……"接着是一阵充满怀疑和犹豫的沉默，"但我所做的一切都是为了你……为了留住你。"她的手顺着男人的胸膛滑下去，"不，不，老实说，是为了让你留下我。为了让你不离开我！这就是为什么我……"她闭上嘴，身体蜷成一团，缩在一侧，紧挨着男人，"我做了我所能做的一切，让你把我留在身边。不只是因为我爱你，也是为了让你不抛弃我。如果没有你，我就谁也没有了。我会被所有人放逐。"她陷入了沉默，手挠了挠鬓角，"我承认，起初我是对自己没有把握。我不确定我能不能爱你。我想知道如何去爱一个英雄。这看起来是那么的遥不可及，像一场梦。三年间我一直试图想象你的样子……然后有一天你来了。你爬到床上，全身压过来，在我身上蹭来蹭去……然而你不行！你甚至不敢对我说一个字。在完全的黑暗中，我们俩心脏狂跳，呼吸急促，浑身是汗……"她闭着双眼，思绪飞远了，远离这具死气沉沉的身躯。她完全淹没在这漆黑的欲望之夜里。感到一阵渴意。她就那么待了一段时间，一言不发，一动不动。

她又说道："之后，我很快就习惯你了，习惯你笨拙的身体，习惯了你空洞的存在，当时我还不知道要怎么形容这个……渐渐地，当你不在的时候，我会很担心，始终守候着你归来。哪怕你不在那么一小会儿，也会令我陷入一种奇怪的状态……我总感觉缺了点什么。不是指家里，而是指我身上……我会觉得空虚，于是就会暴饮暴食。每到那种时候，你母亲就会一脸不耐烦地来问我是不是想吐。她以为我怀孕了！当我把我的焦虑、你不在时我的情绪告诉别人，告诉我的姐妹们，她们回答我说，我只是太爱你了。但这种状况并没有持续很久。五六个月以后，一切都变了。你的母亲坚信我不能生育，总来找碴儿。说起来，你也一样。但是……"她抬起手，在头顶上做了一个动作，像是要赶走朝她扑来的余下字句。

过了片刻——5或6次呼吸——之后，她继续说："你又拿起了武器，又回到这场自相残杀的荒唐战争里去了！你变得自命不凡，傲慢无礼，还暴力嗜虐！像除了你父亲以外的全家人一样。家里的其他人，他们都看不起我。你母亲急着想看你娶第二任老婆。于是我很快明白了我的处境，我的命运。你什么都不知道……不知道我为了留在你身边所做的一切。"她把头靠在那人的胳膊上，露出一个温柔的微笑，仿佛在乞求怜悯，"总有一天，你会原谅我，原谅我所做的一切……"她的脸冷了下来，"但今天，我一想到……如果你知道了，你会当场杀死我！"她扑向男人，看了他很久，直视那双没有焦点的眼睛。然后她把脸颊轻轻贴在他的胸前。"真奇怪！我从来没有像现在这样感觉到和你紧紧相连。我们结婚十年了。十年了！而在过去的三周，我才终于开始和你分享什么东西。"她的手轻抚男人的头发，"我可以碰你……你从来没有让我碰过你，从来没有！"手滑到了男人嘴边，"从来没有吻过你。"她吻了他，"我第一次想吻你的嘴唇时，你把我推开了。我一直想像印度电影里那样接吻。你可能是怕了，对吗？"她用一种打趣的眼神问他，"是的，你害怕，因为你不知道如何亲吻一个女孩。"她的嘴唇爱抚过浓密的胡须，"现在我想和你做什么都行！"她抬起头，想好好看看她目光呆滞的丈夫。她盯了很久，近距离打量着。"我什么都可以对你说，不会被打断，不会被指责！"她把头贴在他的肩膀上，"昨天，我离开的时候，有一种奇怪的、说不清道不明的感觉。既悲伤又解脱，既不幸又幸福。"她的目光在浓密的胡须中流连，"是的，一种奇异的放松。我不明白为什么，尽管内心被痛苦和可怕的负罪感折磨，但我仍然感到平静、轻盈。我不知道是不是因为……"她收住话头。一如往常，无法得知她是中断了思考，还是在组织语言。

她重新把头靠在男人的胸膛上，继续说："是的，我以为我松了一口气，是因为我终于可以丢下你……放任你死……好摆脱你了！"她的身体紧贴着一动不动的男人，好像很冷似的，"没错，摆脱你……因为昨天，有一个瞬间，我以为你还有意识，头脑清醒，身体能动，你想让我说话，想戳穿我的秘密，想占有我。所以我害怕了。"她亲吻他的胸口，"你能原谅我吗？"温柔地注视他，"我离开家的时候，穿着罩袍流着泪，在这漆黑无声的城市街道上游荡。活像个疯婆子！晚上，我到了姑姑家，大家都以为我生病了。我径直回到房间，困守在我的悲痛和内疚之中，一夜未眠。我觉得自己是个怪物，是个真正的恶魔！我吓坏了。我是不是变成了一个疯女人？一个罪犯？"她从男人身上抬起身体，"就像你，就像你的同类……就像那些把隔壁全家斩首的人！是的，我是和你同一边的。得出这样的结论太可怕了。我哭了一整晚。"她又靠近男人，"然后天亮了，黎明时分，就在下雨之前，风吹开了窗户……我很冷……很害怕。紧紧抱住女儿们……我感到身后有什么东西存在。但我没敢看。我感觉有只手在抚摸我。我动不了。我听到我父亲的声音。我攒起所有的力量转了个身。他就在那里，蓄着白胡子，小眼睛在黑暗里闪烁。他身形破碎，手里拿着我奉送给猫的那只鹌鹑。他的鹌鹑又活过来了！他声称，这要感谢我昨天告诉你的一切。然后他亲吻了我。我醒了过来。他已经不在了。又走了，被风带走了。在雨里。这是个梦吗？不……它太真实了！他吹在我颈后的呼吸，他贴在我皮肤上的手掌的老茧……"她用手托住下巴，把头放正，"他这一遭取悦了我，也启迪了我。我终于明白，企图放任你去死并不是让我解脱的缘由。"她伸了个懒腰，"你懂我的意思吗？……事实上，解放我的，是讲述那个故事，鹌鹑的故事。坦白一切。告诉你一切。我意识到，从你病了开始，从我和你聊天开始，我对你发火，侮辱你，把我心里的一切都告诉你，而你无法回答我，无法对我做什么……所有这些都使我感到宽慰和放松。"她扶着男人的肩膀，"所以，之所以尽管每时每刻都有不幸的事情降临，我还能感到解脱……这都要感谢我的秘密，感谢你。所以我并不是恶魔！"她松开男人的肩膀，摸上他的胡须，"因为现在我拥有你的身体，而你拥有我的秘密。你在这里是为了我。我不知道你能不能看到，但有一点我很确定，你能听到我的话，你能理解我。这就是你活着的原因。是的，你为我活着，为我的秘密活着。"她晃了晃他，"等着瞧吧。正如他们能让我父亲的鹌鹑复活一样，我的秘密也能让你活着！你看，你已经脖子上带着一颗枪子过了三个星期。以前从没见过这样的事情，从来没有！没人会相信，没有人！你不吃饭，不喝水，竟还在这里？！这确实是一个奇迹。对我来说是个奇迹，也是全靠有我才能有的奇迹。你的呼吸就吊在我的秘密纪事上。"她轻轻站起来，做了一个优雅的动作，定住不动，似乎在说："不过别担心，我的秘密没有尽头。"

她的话从门外传来："现在我不想再失去你了！"

　　她回来灌满注射袋。"现在，我终于明白你父亲说过的圣石是什么了。是在他死前说的。那时你不在，又去打仗了。正好是你挨这一枪的几个月前，你父亲病了；只有我一个人负责照料他。他痴迷于一块魔法石。一块黑色的石头。他一直在谈论它……他怎么叫那块石头来着？"她努力回忆着，"对上门拜访的朋友，他一律要求对方给他带来这块石头……一块黑色的珍贵石头……"她把管子插进男人的喉咙，"你知道，这块石头放在你面前……面对着它，你可以感叹你所有的不幸，所有的苦难，所有的痛苦，所有的灾厄……你向它倾诉心中的一切，那些你不敢向别人透露的事……"她调整了点滴，"你跟它说啊，说啊。石头倾听着你，吸收你所有的话，你所有的秘密，直到有一天它爆裂，炸得粉碎。"她擦拭并滋润了一下男人的眼睛，"到了那一天，你就会从你一切的苦难、一切的疼痛中获得解放……这块石头叫什么来着？"她整理了被单，"你父亲临终之前，让我单独去见他。他快要死了。他低声对我说：'我的女儿，死亡天使出现在我面前，和天使吉卜利勒①一起。吉卜利勒告诉我一个秘密，我把它讲给你听。现在我知道那块石头在哪里了。它就在麦加的克尔白圣殿②里！在神的殿堂里！你知道，那块黑色圣石，在伟大的开斋节期间，会有数以百万的朝圣者围绕它转。嗯，这不是别的，就是我跟你说过的那块石头……在天堂里，这块石头就是阿丹的座位……但是，在主把阿丹和哈娃赶到地上以后，祂把石头也降了下来，好让阿丹的孩子们可以对它诉说苦恼，

---

① 吉卜利勒（Gabriel）：《古兰经》中记载的著名天使之一。《旧约全书》称"加百列"。

② 克尔白圣殿：麦加清真寺内的方形石造殿堂，内有供教徒膜拜的黑色圣石。

倾吐磨难……这就是亚伯拉罕①把女仆夏甲和她的儿子以实玛利②放逐沙漠以后，天使吉卜利勒送给母子二人作枕头的那块石头……是的，这块石头是为地上所有可怜的人准备的。去那里吧！把你的秘密告诉它，直到它崩溃……直到你从煎熬中解脱出来。'"她的唇上浸染了悲伤的灰色。她在沉默的哀悼中静静待了一会儿。

之后，嘶哑的声音继续讲道："几个世纪以来，朝圣者们一直去麦加绕着这块石头转圈、祈祷，我真不知道它怎么还没爆炸。"她哂笑一下，声音变得有些尖利，嘴唇恢复了色泽，"总有一天它会爆裂，而那天将是人类的终焉。也许这就是启示录。"

院子里响起脚步声。她沉默不语，等待脚步声渐渐远去，然后才说："你知道吗？……我想我找到了，那块

---

① 亚伯拉罕：传说中古希伯来民族和阿拉伯民族的共同祖先。
② 以实玛利：伊斯兰教先知，亚伯拉罕与夏甲所生的儿子，传说中阿拉伯民族的祖先。

神奇的石头……属于我自己的石头。"从邻近房屋的瓦砾中传来声响，打断了她的思绪。她紧张地站起来，走到窗前，拉开窗帘。她被映入眼帘的东西吓坏了，手捂着嘴，不发一语。她拉上窗帘，通过黄蓝相间的天空中的小孔观察着外面。她感叹道："他们在把死者埋在自家的花园里……老太太去哪里了？"她一动不动地待了很久，不知所措地回到了男人身边。她躺在床垫上，挨着他的头。她把眼睛埋在臂弯里，像以前一样，深深地、静静地呼吸。以与男人相同的频率。

毛拉在为葬礼吟诵《古兰经》，他的声音逐渐消失在雨幕中。于是他提高了声音，加快祷告的速度，想早点结束。

嘈杂喧嚷和窃窃私语散落在湿淋淋的废墟之上。

有人走近了这座房子。来人就在门后，抬手敲门。女人没有动。敲门声又响起。"有人在吗？是我，毛拉。"他不耐烦地说道。女人对喊声充耳不闻，依然不为所动。毛拉嘀咕了几句，离开了。她直起身来，靠墙而坐，直到毛拉湿漉漉的脚步声消失在街道上，她才活动起僵硬的身体。

"我得去我姑姑家了，得去看孩子！"她站了起来。停了一小会儿，几次呼吸的时间。

她刚要拿起面纱，一个词突然闪现在她的脑海："忍石①！"她惊得一跳，"那块石头的名字：忍石，忍耐之石，坚韧之石！神奇之石！"她向男人俯身，"是的，你就是我的忍石！"她轻轻抚摸他的脸，如同真的在抚摸一

———————————

① 忍石，原文为 syngué sabour。

块珍贵的石头，"我会把一切都告诉你的，我的忍石，一切。直到我摆脱我的痛苦、我的不幸，直到你……"余下的话，她没有再说。留待男人自行想象。

她离开了房间，离开了走廊，离开了家……

10 次呼吸之后，她气喘吁吁地回来了。她把淋湿的面纱扔到地上，跑向男人。"今晚还会有一次巡逻。我猜这次是另一个阵营的。他们正在搜查所有的房子……不能让他们找到你……他们会把你干掉的！"她跪下来，在极近处凝视他，"我不会让他们这么做的！我现在需要你，我的忍石！"她走向门口，"我先去把地下室整理一下。"然后离开房间。

一扇门吱呀作响。她的脚步声在楼梯上回响。忽然间传来绝望的呼喊："哦，不！别这样！"她惊慌失措地跑上来，"地下室被淹了！"她踱来踱去，把手放在额头上，仿佛正在记忆中搜寻可以用来隐藏她丈夫的地方。

徒劳无果。那就只能在这里，在这个房间了！她坚定地走近绿色的窗帘，把它拉开。这是一个储藏室，堆满了枕头、被子和床垫。

她把这里清空，铺开一张床垫。太大了，于是把它叠了一下，在周围摆好靠垫。她退了一步，方便看清陈设——这是为她的宝石准备的角落。她对自己的作品相当满意，于是走近男人。她小心翼翼地从他嘴里取出导管，抓住肩膀，把他抬起来，拖着他的身体，拉到床垫上。她把他摆成近乎坐着的姿势，埋在坐垫中间，面对着房间的入口。男人始终面无表情，目光定格在基里姆地毯上的某一处。她把输液袋挂到墙上，把管子放回嘴里，拉上绿窗帘，用其他床垫和被子挡住这个藏身之处。绝对不会引起任何人的怀疑。

"我明天就回来。"她低声说，站在门口，弯下腰去够面纱。这时，不远处突然传来一声枪响，将她定在原地，石化了。接着是第二枪，离得更近。第三枪……随后四面八方都有枪声传来。

她坐到地上，发出哀鸣："我的孩子……"没被任何人听见，声音都消失在坦克沉闷的行进声中。她蹲下身，爬向窗户，通过窗帘上的洞，向外看去。这情景令她绝望。一声饱含泪意的呼喊从她的胸口迸发出来："主啊，请保护我们！"

她背靠在两扇窗户之间的墙上，就在那把匕首和她丈夫神情嘲弄的相片下面。

她轻轻呻吟着。

有人在离房子极近的地方开枪。那人可能正在院子里，埋伏在墙后。女人止住眼泪和呼吸，掀开了窗帘的底部。当看到一个身影朝街上开枪时，她猛然后退，并小心翼翼地向门的方向靠近。

她刚到走廊上，就被一个持枪男人的阴影拦住，对方喝止她的动作："回房间去！"她只好回来。"坐着，别动！"她在丈夫过去一直躺着的地方坐下来，不再妄动。那个武装人员从黑暗的走廊里出来，他戴着头巾，下半部分遮住了他的半张脸。他从门口侵入，主宰了整个房间。黑色的目光正通过头巾的缝隙四下巡视。他一言不发，走到窗前，向外瞥了一眼交战正酣的街道。他回过头来安慰女人："不要害怕，姐妹。我保护你。"说罢又一次环顾四周。她不是害怕，而是绝望。然而，她的面色十足地平静和笃定。

她坐在两个男人中间，一个藏在黑头巾后面，另一个藏在绿帘子后面，她不由露出担忧的神情。

枪手蹲下身，手指扣在扳机上。

他一直保持警惕和戒备，把头从窗帘上转向女人，然后问她："你是一个人吗？"她用平静、甚至过分平静的声音回答说："不是。"顿了一下，立刻激动地说，"真主与我同在。"然后瞥了一眼绿色的帘子。

那人沉默不语。他打量着这个女人。

外面枪声停了。远处，只有坦克渐渐驶离的低沉的轰鸣。

房间、院子和街道都沉浸在一种沉重的、烟雾缭绕的寂静中。

一阵脚步声惊动了那个男人，他用枪指着她，示意她不要动。他把眼睛贴近窗帘的一个洞，紧绷的肩膀随即变得松弛。他舒了一口气，掀开窗帘，用低沉的声音吹了一个暗号。脚步声停止了。房里的男人低声说："嘿，是我。进来吧!"

　　外面的人也进入了房间。他也戴着头巾,下半部分遮住半张脸。一条长长的羊毛披肩(也叫帕图),包裹着他修长、瘦削的身体。女人的存在令他吃了一惊,他在同伴身旁坐下,后者问他:"所以呢?"另一个人目光紧紧盯着女人:"很很很 ...... 很好,现现现在停停停火……火了!"他用变声期的少年嗓音结结巴巴地说。

　　"停到什么时候?"

　　"我……我不不不知道!"另一个人回答,注意力仍然在女人身上。

　　"那好,现在去站岗吧!我们今晚在这儿扎营。"

　　年轻人没有异议。他的眼睛仍然盯着女人,要求道:"来来来根……根烟。"第一个人把烟丢给他,想尽快打发他走。他自己也揭开头巾,露出整张大胡子脸,点燃了一根。

　　拿到烟的男孩在跨出门之前,慌乱地朝女人看了最后一眼，不情不愿地消失在走廊里。

　　女人仍然坐在原位。她戒备万分、却又努力不露声色地观察着面前男人的一举一动。"你自己一个人不害怕吗？"那人吐出一口烟，问道。她耸耸肩："我有选择吗？"那人长长吸了一口，又问："没有人照顾你吗？"女人朝绿帘子瞥了一眼，"不，我是个寡妇！"

　　"你是哪一边的？"

　　"我想，和你们同一边。"

　　那人不再坚持了。他又深吸了一口，继续问："你有孩子吗？"

　　"有。两个……两个女孩。"

　　"她们在哪儿？"

　　"在我姑姑家。"

　　"那你呢，你为什么在这里？"

　　"我要工作。我得赚钱，养活两个孩子。"

"你做什么工作的?"

女人直视着他的眼睛,说:"我靠自己的汗水赚钱。"

"什么?"对面人没听懂。

女人用毫不谦虚的语气说:"我卖身。"

"你在说什么屁话?"

"我出卖我的身体,就像你卖你的血肉。"

"你在咕哝什么?"

"我出卖自己的肉体,给男人带去快乐!"

那人愤怒地跳起来,破口大骂:"真主,普慈的主①!护佑的主②!请保护我!"

"保护你不受谁的害?"

烟雾猛地从男人的嘴里冒出来,他仍在呼唤他的主:

---

① 普慈的主:原文为 Al-Rahman(拉赫曼),意为普慈者。真主的第 1 个美名。

② 护佑的主:原文为 Al-Mu'min(穆民),意为护佑者。真主的第 6 个美名。

"以真主的名义！"驱逐魔鬼，"保护我不受撒旦的伤害！"他吞下一大口烟，愤怒地质问，"你这么说不羞耻吗？"

"是说还是做？"

"你到底是不是穆斯林？"

"我是一个穆斯林。"

"你会被石头砸死的！会在地狱之火里被活活烧死！"

他站起来，背诵《古兰经》中的长篇经文。女人依然坐着。她嘲弄地看着他。神情轻蔑，把他从头看到脚，从脚看到头。他激动得要命。烟雾笼住了他愤怒的胡须和漆黑的眼睛。他阴郁地向前走了一步，用枪指着女人，吼道："我要杀了你，婊子！"枪管抵着她的肚子，"我要把你的烂屁轰掉！肮脏的妓女！撒旦！"他朝她脸上吐口水。女人没有动，只是蔑视着面前的人。无动于衷，似乎在煽动他开枪。

那人咬紧牙关，发出一声刺耳的吼叫，离开了房子。

女人依然没动，直到听到枪手走进院子，对另一个人叫道："过来，我们离开这儿。这是栋大逆不道的房子！"他们的脚步声消失在泥泞的街道上。

她闭眼叹息，屋内烟熏雾绕的浊气在胸中憋了许久，终于呼了出来。她干燥的嘴唇上露出一个胜利的微笑。她朝绿帘布看了好一会儿，然后舒展身体，走近她的丈夫。"原谅我！"她轻声说，"我不得不这么说，否则他会强奸我。"一阵讽刺的笑令她全身震动，"对像他这样的男人而言，睡或者强奸一个妓女，不是什么光荣的事。把他的脏东西放进一个已经被用过几百次的洞里，不会让他产生任何男人的自豪感。对不对，我的忍石？这一点，你应该清楚。像他这样的男人都害怕妓女。你知道为什么吗？告诉你吧，我的忍石：当你睡一个妓女时，你并不是在主宰她的身体。你是在交易。你给她钱，她给你快乐。而且我可以告诉你，往往是她在支配你。她才是睡了你的人。"她平静下来，以睿智的声音继续说道，"所以强奸一个妓女不是强奸，偷走一个女孩的贞操、侵犯一个女人的荣誉才是！这就是你们的信条！"她停下，顿了很长一段时间，好让男人思考她的话——如果他能做到的话，她希望他能做到。

她继续说："我的忍石，你不同意吗？"她再次走近窗帘，将用以遮掩藏身之处的床垫稍稍拉开。她直视男人，说："我还是希望你能够理解、吸收我告诉你的一切，我的忍石。"她的头稍稍探过帘子，"也许你会想知道我从哪里学到这些！哦，我的忍石，我还有很多事情要告诉你……"她后退一步，"在我心里堆了相当长时间的事情。我们从来没有机会讨论过。或者说老实话，你从来没有给过我机会谈这些。"她停顿了一下，一息的时间，思考该从哪里说起，从什么说起。但黄昏时分毛拉召集信徒向主跪拜的呼声惊动了她，使得她将秘密推回内心。她突然站起来："愿主割掉我的舌头！天快黑了！我的孩子！"急忙拉开绣有候鸟纹样的窗帘。在灰色的雨幕背后，一切又滑入黑暗和愁苦。

她最后花了点时间检查糖盐水的流速，拿起面纱，关上房门，走进院子时，已经为时太晚。召唤祈祷结束后，毛拉下令在本街区实行宵禁，并要求遵守休战协议。

女人的脚步声中止在潮湿的地面上。

犹豫不决。

迷茫无措。

只好回头。

女人重新进入房间。

她很不高兴，扔下面纱，疲惫地倒在此前一直由她丈夫占据的床垫上。"我的女儿们，我把她们交给安拉！"她开始背诵《古兰经》中的一段，试图说服自己相信真主有能力保护她的女儿。然后，她屈服于房内的黑暗，躺平身体。她的目光，穿透阴暗的房间，直射向那堆床垫的方向。床垫后面，是绿色的帘子。帘子后面，是她的男人，她的忍石。

远处，一声枪响。然后附近响起另一声。就这样，停火结束了。

女人站起来，走到纯绿的窗帘跟前。她移开床垫，但没有把帘子拉开。"所以我不得不待在这里了。我的忍石，我有一整晚的时间和你说话了。不过，在那个蠢毛拉大声吆喝之前，我在跟你说什么来着？"她集中精力，"啊，对，你可能会奇怪我从哪里学到的这些思考。就是这个，对吧？我一生中遇到两位老师——我的姑姑和你的父亲。我从姑姑那里学到如何与男人相处，又从你父亲那里学到为什么要与男人相处。我姑姑……"她把窗帘往旁边拉了一点，"你对她一无所知。也幸好如此！否则你会立即把她赶走。现在我可以都讲给你听了。她是我父亲唯一的姐妹。多么好的一个女人！我在她的宠爱里长大。我爱她胜过爱我的母亲。她很慷慨，很漂亮，非常漂亮，又很坚强。她教我读书，教我生活……但她的命运很悲惨。她嫁给了一个糟糕的富翁，一个除了肮脏的铜臭一无是处的人。结婚两年，姑姑始终没有为他生下子嗣。我之所以说'为他'，是因为这就是你们男人脑子里的想法。总之，我姑姑不能生育。换句话说：她成了派不上用场的人。所以她丈夫把她送到他在外省的父母家里去做佣人。由于她没有生育能力，而且很漂亮，她公公就悄悄地、安全无虞地把她睡了。白天睡，夜里睡。终于有一天，她崩溃了。她敲碎了他的头骨，于是被赶出了公婆的家。她的丈夫也遗弃了她。她自己的家人，包括我的父亲，都把她抛弃了。然后，她作为这个家庭的'污点'，就此消失了，只留下一张纸条，说她已经自我了断。尸体被火化了，烧成灰烬！没有痕迹，没有坟墓。当然，这对所有人而言都是好结果。没有葬礼。没有追悼这个'婊子'的仪式！我是唯一一个为此而哭的人。当时我 14 岁。我一直在想她。"她停下来，歪着头，闭上眼睛，好像现在正在梦里见到她。

几次呼吸过后，仿佛在梦里一般，她继续讲述："7 年多以前，就在你从战场上回来之前，我和你母亲在市场上散步。我在内衣店停了下来。一个熟悉的声音传到我的耳朵里。我转过身来，看到了我姑姑！有那么一瞬间，我以为那是幻觉。但是并不是，那就是她。我叫出她的名字，但她假装她不叫那个，假装不认识我。不过我很确定，很肯定。我的血液告诉我这是她。于是我从你母亲身边走开，装成是走散的样子，去找姑姑了。我寸步不离地跟着她，一直跟到家门口，拦住了她。她突然哭起来，把我抱在怀里，带进她家。她当时住在一间妓院里。"她安静下来，在绿窗帘后面的男人呼吸了几次，她也一样。

在城市里，枪声依然没断。远远近近，零零星星。

房间里的一切都被蒙在夜色中。

她一边说着"我饿了"，一边站起身来，摸黑走到走廊上，进厨房去拿东西吃。她先点亮一盏灯，照亮了走廊的一部分，昏暗的光线也钻进房间。然后，几个橱柜门砰砰作响。她回来了，一手拿着一颗洋葱和一块放了很多天的硬面包，另一手提着防风灯。她重新回到她的男人身边，挨着绿窗帘，在黄色的灯光底下，她把窗帘拉到一边，检查她的忍石是否已经爆裂。并没有，他还在那里。完整的一块石头。睁着眼睛，哪怕半张的嘴里可怜地噙着一根导管，也依然面带嘲讽。他的胸口仍在奇迹般地一起一伏，保持着和以前一样的速度。

"今天，是这位姑姑收留了我。她爱我的孩子。孩子们也爱她。所以我才没那么担心。"她剥了洋葱，"她会给她们讲很多故事……像她以前那样。我也是听着她的故事长大的。"她在一块面包上放了一片洋葱片，然后一块儿塞进嘴里。干面包的噼啪声与她甜美的嗓音混在一起："有一天晚上，她想讲一个奇特的故事，过去是她母亲讲给我们听的。我求她不要对我的女儿们讲这个，因为这是一个非常令人不安、残忍的故事，但很有魔力！我的女儿们还太小，理解不了。"她端起本是用来湿润男人眼睛的那杯水，喝了一口。

"你知道，我家只有女孩。7个女孩！没有男孩！我父母对此很生气。正因如此，我奶奶才会经常给我和姐妹们讲这个故事。在很长一段时间里，我都以为这是奶奶为我们编的故事。但姑姑告诉我，她第一次听这个故事，是从她曾祖母的嘴里。"

第二片洋葱放在第二块面包上。

"无论如何，奶奶首先警告我们说，她的故事是一个有魔力的故事，可能会为我们的现实生活带来幸福或不幸。这个警告让我们害怕，但也让我们兴奋。于是，奶奶优美的声音就和我们的心跳叠在了一起：他是，又不是，一个国王。一个迷人的国王，一个勇敢的国王。然而，他一生中只有一个要求，却是一个大要求：永远不要有一个女儿。在他的新婚之夜，占星家曾预言，如果他的妻子生下一个女儿，这个女儿会令王室蒙羞。讽刺的是，他的妻子生下的全是女孩。因此，每当有孩子出生，国王就命令刽子手杀死新生儿！"

她沉浸在回忆当中，在脑海里描绘出一个老妇人——也许是她奶奶——正在给孙子孙女讲述这个故事的形象。

"刽子手杀死了第一个女孩和第二个女孩。轮到第三个时，他被新生儿口中发出的细弱声音所阻止。她恳求他提醒她的母亲，如果能让她活着，王后就会有自己的王国！刽子手被这番话所扰，谨慎地去找王后，将自己的所见所闻转告于她。王后没有对国王透露一个字，就立即离开，去看望这个刚生下来就会说话的女儿。她既惊叹又害怕，要求刽子手准备一辆马车逃离这个国家。午夜时分，王后、她的女儿和刽子手秘密地离开城市，前往遥远的地方。"

她专心致志地讲故事，没有什么能让她分心，哪怕离房子不远处的交火声也是如此。"国王被这场突如其来的逃亡激怒了，为了寻找他的妻子，他开始征服远方的土地。奶奶总是讲到此处停顿下来。她提出一个永恒的问题：是为了寻找妻子还是为了追捕她？"

她微笑着。也许她奶奶从前也是这样微笑的。然后继续讲：

"许多年过去。在国王的一次征战中，一个由一位公正、勇敢、和平的女王所统治的小王国对他进行了反击。人民拒绝这个外国国王的入侵。这个傲慢的国王！于是，国王下令烧毁这个国家。小王国的大臣们建议女王去见国王，与他谈判。但女王反对这次会面。她说，她宁愿自己放火烧掉她的王国，也不愿去参加这次谈判。于是，她那美貌出众、智慧非凡、善良无比、深受宫廷和人民赞赏的女儿，便请求母亲允许她去见国王。女王听到女儿的话后，仿佛疯掉了。她开始尖叫，大声咒骂全世界。她不再睡觉，在皇宫里游荡。她禁止女儿离开自己的房间，并且亲自监督。没有人理解这是为什么。每过一天，这个王国就离巨大的灾难更近一点。食物和水开始短缺。她的女儿并不比其他人更了解母亲的状况，她决心不顾禁令去见国王。一天晚上，她在知心密友的帮助下，进了国王的帐篷。在这位天仙般的美女面前，国王疯狂地爱上了这位公主。他向她提出：如果她愿意嫁给他，他就放弃攻打这个王国。公主也臣服于国王的魅力，接受了。他们一起过了一夜。到了早上，她自觉大获全胜，回到了城堡，并告知了母亲她与国王的这次约会。幸运的是，她没有向母亲承认在国王的帐篷里过了夜。王后听说女儿见到了国王，心急如焚。她虽已经准备好承受全世界所有的不幸，但并不包括这一种。她痛苦地喊道：'厄运！被诅咒的厄运！'然后晕倒了。女儿仍然不明白母亲脑子里在想些什么，于是转而求助那个终生陪伴女王的人，向他询问母亲的病因。他告诉了公主这个故事：'亲爱的公主，如你所知，我不是你的父亲。事实上，你是这位征服者国王的女儿！我只是他的刽子手……'他把真相和盘托出，并以一句神秘的结语收尾，'我的公主，这就是我们的命运。如果我们向国王承认真相，根据法律，我们都将被判处绞刑。而我们王国的所有臣民都将成为他的奴隶。如果拒不配合他的要求，我们的王国就会被烧毁。如果你和他结婚，你就会犯下乱伦之罪，这是不可饶恕的罪！我们都将受到诅咒，被我们的主惩罚。'奶奶会在故事的此处停下来。孩子们会央求她告知后续，她就会说：唉，我的小姑娘们，我不知道这个故事的结局。而且直到现在，都没有人知道。据说，知道结局的人将拥有一段免遭任何不幸的人生。我并不真的相信，我告诉她，如果没有人知道这个故事的结局，那我们就不可能知道哪个结局是正确的。她无奈地笑了笑，在我额头上亲了一下：这就是人们常说的神秘感，我的小家伙。任何结局都是可能的，但想知道哪一个是好的，是正确的……这就是神秘之处。然后我问她这个故事是真的还是假的。她回答我：我已经告诉你了：'他是，又不是……'奶奶说她小时候也问过她的奶奶一样的问题，她奶奶回答说：这就是谜，我的小家伙，这就是谜。多年来，这个故事一直困扰着我，让我无法入睡。每天晚上，躺在床上，我乞求主提示我这个故事的结局！希望是一个幸福的结局，这样我就可以有一段幸福的人生！我自己设想过一大堆结局，有的没的。只要我想出一个主意，就会跑去找奶奶，讲给她听。她会耸耸肩说：这是有可能的，我的小姑娘。这是可能的。你可以在今后的人生中看到你的猜测是否正确。你的生活会告诉你。但无论你发现什么，都不要再告诉任何人。永远不要！因为，像所有有魔力的故事一样，你说的任何事情都有可能发生。所以一定要把这个结局留给自己。"

她还在吃。一块面包，一片洋葱。"我曾经问过你父亲，他是否知道这个故事。他说没听过。于是我就讲给他听了。讲到最后，他沉默了很长一段时间，然后温柔地说：但是，我的女儿，想要这个故事有个幸福的结局，是一种幻想。不可能的。既然已经发生了乱伦，悲剧就无法避免了。"

外面的街上，有人在喊："站住！"紧跟着一声枪响。然后是逃窜的脚步声。

女人继续说："总之，你父亲让我失去了幻想。但几天后的一个清晨，当我给他送早餐时，他让我坐在他旁边，给我讲这个故事。他一边拼出每个字，一边说：我的女儿，我想了很多。的确，也可能有幸福的结局。我几乎想投入他的怀抱，亲吻他的手和脚，好让他告诉我这个结局。不过，我当然是忍住了。我忘记了还要给你母亲送早餐，在他面前坐下。在那一刻，我的整个身体就剩下一只巨大的耳朵，无视其他所有的声音，所有的动静，只听得到你父亲颤抖的、睿智的嗓音。他声音极大地豪饮了一口茶，尔后娓娓道来：我的女儿，要想有一个幸福的结局，就像生活中一样，这个故事需要有牺牲。换句话说，就是某人的不幸。永远不要忘记：每一个幸福都会产生两个不幸。我就问：'为什么呢？'

天真地想知道答案。他用他简单的词句回答说：我的女儿，不幸的是，或者幸运的是，不是每个人都能获得幸福，无论是在生活当中还是在故事当中。一些人的快乐会导致另一些人不快乐。这很令人悲伤，但事情就是这样。因此，在这个故事中，你需要不幸和牺牲来达到一个幸福的结局。但是你对自己的爱和对你亲近之人的爱会使你逃避思考这个问题。这个故事需要一场谋杀。谋杀谁？在你回答之前，在杀掉一个人之前，你必须先问自己另一个问题：你想看到谁快乐地活着？是作为父亲的国王？作为母亲的女王？还是作为女儿的公主？只要你提出这个问题，一切都会改变，我的女儿。改变你，也改变这个故事。为此，你必须摆脱三种爱：对自己的爱、对父亲的爱和对母亲的爱！我又问了为什么。他静静地看了我很久，明亮的双眼在镜片后面闪闪发光。他可能在寻找我能够理解的语言：如果你站在女儿一边，你对自己的爱会使你无法想象女儿的自杀。同样，对父亲的爱也不允许你想象女儿能接受这桩婚姻，而且在新婚之夜，她会在婚床上杀死自己的父亲。最后，对母亲的爱会禁止你考虑杀死王后，好让她的女儿与国王生活在一起，同时对国王隐瞒真相。他让我思考了一会儿。他又慢慢喝了一大口茶，继续说：同样地，如果我，作为一个父亲，要给这个故事一个结局，那就是严格执行法律。我会下令将女王、公主和刽子手斩首，这样背叛者就会受到惩罚，乱伦的秘密也会被永远埋葬。我问他那母亲会怎样提议呢？他微微一笑，对我说：我的女儿，我对母爱一无所知，也不能为你提供解决方法。你自己现在已经是一个母亲；该由你来告诉我才是。但我的生活经验告诉我，像王后这样的母亲，宁可让她的王国被摧毁、人民被奴役，也不会泄露她的秘密。母亲遵照道德规范行事。她会禁止女儿嫁给自己的父亲。我的主啊，听到这些充满智慧的话，实在令人很不安。我所寻找的绝对是宽大的出路，于是我问他这样的出路是否可能存在。起初他说是的——这让我感到安慰——但很快他就斥责了我：我的女儿，告诉我，这个故事中谁有权力原谅？我天真地回答说是父亲。他摇摇头说：但是我的女儿，父亲，杀死了自己的孩子，在征战中摧毁了城市和人民，又犯了乱伦之孽，与王后一样有罪。至于王后，她背叛了国王，背叛了法律，当然，也不要忘记，她是被刚出生的女儿和刽子手所欺骗的。我有些绝望，在离开他之前，我总结说所以没有美满的结局！他告诉我：是有的。但正如我告诉你的那样，条件是做出牺牲和放弃三样东西：自爱，父亲的法律和母亲的道德。我愣住了，问他觉得这是否可行。他回答得很干脆：我的女儿，你得试试。被这个讨论困扰了整整几个月，我只想到了这一点。我发现我的困扰来自一件事：他所说的话的真实性。你父亲真的对生活中的事情很有了解。"

又一块面包配一片洋葱，她吞咽得十分艰难。

"我一想到你父亲，就越来越讨厌你母亲。她让他隐居在一个潮湿的小屋里，让他睡在蒲草垫上。你的兄弟们把他当成疯子一样对待。仅仅因为他获得了大智慧。没有人理解他。一开始，我也怕他。不是因为你的母亲和兄弟们的风言风语，而是因为我姑姑同她的公公之间发生的事。然而，我一点一点地靠近他。既带着相当大的恐惧，也带着一种莫名的好奇。几乎令人兴奋的好奇！或许，是我身上始终难以忘怀姑姑的那一部分自我，把我推向了他。或许我在暗自渴望和姑姑有同样的遭遇。这很可怕，对吧？"

在触动和沉思之中，她把洋葱和不新鲜的面包吃完了。

她吹灭了灯。

躺平身体。

睡下了。

当炮火也变得疲倦和沉默之时，寂静的、灰色的黎明到来了。

毛拉召唤过晨祷，又过了数息之后，院子里泥泞的车道上响起模糊的脚步声。有人走近房子，敲了敲走廊的前门。女人睁开眼睛，等了一会儿。敲门声再次响起。她困倦地爬起来，走到窗前，想看看这个不敲门就不敢进的访客是谁。

在黎明的铅色薄雾中，她辨认出一个戴着头巾和持着武器的身影。她应了一声："有事吗？"那个身影立刻被吸引到窗边来。他的脸藏在头巾的襟翼后面，他的声音比他的轮廓还要脆弱，结结巴巴地问道："我我我可可可以……进……进去吗？"那沙哑的声音和昨天一样，来自一个少年。女人试图猜测他的特征，但昏暗的天光让她无法辨认。她先点头同意，然后补了一句："门是开着的。"她留在原地，靠在窗边，注视着那个身影一路沿着墙，到达走廊，再到门口。同一件衣服，同样站在门口，同样的羞涩。是他，毫无疑问，是昨天那个男孩。她用疑惑的表情等待着。男孩挣扎着该不该进房间。他被钉在门框处，尝试着问："多多多少……少钱？"女人一点也没听懂他在咕哝些什么。

"你想要什么？"

"多多多……"声音嘶哑，语速快起来，"少……少……少钱？"但依然磕磕巴巴。

女人屏住呼吸，朝男孩走了一步，说："听着，我不是你想的那样。我……"男孩高声打断了她，一开始很粗暴："闭……闭……嘴！"然后平静下来，"多多多少……少钱？"她想后退，但抵在肚子上的枪管阻止了她。她让男孩冷静下来，软声继续说道："我是个母亲……"但男孩的手指扣在扳机上，令她无法继续说下去。她屈服了，问："你身上有多少钱？"他颤抖着，从口袋里掏出几张钞票，丢到她脚边。女人后撤一步，微微转身，偷偷看了眼丈夫的藏身之处。绿帘子微微敞开一个口。但房里光线昏暗，没有谁会怀疑那里有人。她滑倒在地，顺势躺下，望向丈夫的方向，摊平身体，分开双腿。等待着。男孩僵住不动了。"行了，过来，快点完事吧！"她不耐烦地说。

他卸下枪，放在门脚下，然后犹犹豫豫地来到她的上方。一阵发自内心的颤抖使他的呼吸时断时续。女人闭上了眼睛。

他猛地扑下来。"轻点！"女人被压得呼吸困难。男孩兴奋异常，生疏地抓住她的腿。她浑身僵硬地承受这具笨拙的年轻身体疯狂的撞击。男孩把头埋进她的头发里，努力尝试脱下她的裤子，始终不得要领。最终是她自己伸手褪了下去。男孩也把下身的衣物除去。性器刚刚擦过大腿，他就从女人的发间发出一声低沉的呻吟。她则脸色苍白，双眼紧闭。

他不再动了。她也一样。

他喘着粗气。她也一样。

在一阵微风吹起窗帘之前，房里有片刻绝对的寂静。女人终于张开眼，声音微弱但柔和，低声说："结束了吗？"男孩十分受伤，颤抖着哭泣："闭……闭……闭嘴！"他不敢抬头，依旧埋在女人的黑发里。他的呼吸逐渐平缓下来。

女人沉默不语，对着绿色窗帘的缝隙投去一道无限悲伤的目光。

两具纠缠在一起的身体，仿佛被封印在地上，长时间一动不动。又一阵风吹进来，使两具身躯轻微地动了。

是女人的手在动。她悄悄地安抚着男孩。

　　见男孩没有抗议，她继续爱抚他，带着一种母性的温柔。"没关系。"她安慰道。男孩没有任何反应。她又安慰了一遍："这在谁身上都有可能发生。"接着小心翼翼地问："这是……第一次？"一阵漫长的沉默，缓慢呼吸3次的工夫，他依然埋头在女人的发丝间，先是摇了摇头，然后羞涩地拼命点了点头。女人把手伸到男孩的头上，摸了摸他的头巾。"你本来应该有个好的开始的。"她环顾四周，辨认枪的位置。离得很远。她又把注意力放回一直保持着同样姿势的男孩身上。她轻轻地移动双腿。没有遇到抵抗。"好了，起来吧？"他没有回答。"我说过，没关系的……我会帮你的。"她轻轻抬起右肩，抽身到一边，从男孩心碎的身下出来。她试图提起裤子，先用裙摆擦拭一下大腿，然后坐起身。男孩终于也动了。他始终不与女人目光接触，拉起裤子，背对着她坐下，盯着他的步枪。他的头巾解开了，脸露了出来。他有一双清澈的大眼睛，眼线勾出一圈黑色的轮廓。他很帅气，脸瘦而光滑。几乎没有胡子。也可能是因为还太年轻。"你有家人吗？"女人用平淡的声音问道。男孩摇头，迅速戴上头巾，遮住半张脸。然后猛地起身，拿起武器，飞也似的全速逃离了这里。

女人还坐在原地，呆了很长时间，没有看向绿色的窗帘。她泪眼蒙眬，蜷起身子双手抱膝，埋头尖叫。那是一声令人心碎的惨叫。

一阵微风吹来——就像是对她哭声的回应——掀开窗帘，让灰色的雾气弥漫整个房间。

女人慢慢坐了起来，但没有起身。她仍没有抬头看绿窗帘。她不敢。

她的目光钉在微风中散落一地的皱巴巴的钞票上。

或许是寒冷，或许是伤感、泪水或恐惧，令她喘不过气，不住地发抖。

她终于站起来，急忙穿过走廊，进入浴室。她洗了澡，换了长裙。再出现时，她穿着一身绿色和白色，看起来宁静许多。

她把钱拾起来，坐回挨着小储藏室的位置。把窗帘缝掩上，没有遭遇男人迷蒙的目光。

无声地呼吸了几下，她突然发自内心地苦笑出声，嘴唇微微颤抖。"就是这样了……这又不是只会发生在旁人身上的事！迟早，也会轮到我们……"

她数了数钞票，"真可怜。"收进口袋里，"有时候我会觉得做一个男人也挺难，是不是？"她停顿了一下，不知道是在思考还是在期待回答。她唇上依然挂着勉强挤出的微笑，继续说："这个男孩让我想起了一开始的我们……原谅我这么说。你是知道我的……回忆总是在我意想不到，又或者放弃期待的时候攻击我。无论我做什么，它们都会侵袭我。或好或坏。有时会让事情变得有点可笑，就比如说刚刚……那个男孩手忙脚乱的，我一下想起我们迟来的那个新婚之夜……我发誓，我是不由自主想起你的。你当时也和那个男孩一样笨手笨脚。当然，那时候我也对此一无所知。我以为你做的那些就是标准流程了。但我常常觉得你不太开心。于是我很内疚。我告诉自己，错都在我，怪我不知道该怎么做。过了一年，我才发现并不是，罪魁祸首是你。是你不知道应该如何给予。你什么也不会。回想一下，我们有多少个兵荒马乱的夜晚……我姑姑有句话没说错，不懂怎么做爱的人，就只配去打仗。"她不再继续说了。

　　她停了很长时间，突然说："不过，告诉我，对你来说，快感是什么？是看到你的脏东西射出来？还是看到

132

鲜血喷出来，撕裂贞洁的面纱？"

她气愤地低头，咬住下唇。怒火攫取了她的双手，令它捏紧，握成拳头，砸向墙壁。她发出痛苦的呻吟。

然后是沉默。

"抱歉！……这……这是我第一次这么跟你说话……我很羞愧。我真的不知道这些话是从哪里冒出来的。以前，我从来没有想过这些。相信我。从来没有过！"顿了一下，她继续说，"即使当我知道你总是唯一从床事里享受到的那一方，我也完全不会生气。相反，我很高兴。我一直跟自己说，那是我们的本性，我们本就不同。你们男人负责享受，我们女人为此高兴。对我来说这就够了。我可以靠……抚摸自己来让自己快乐。"她的嘴唇在流血。她先用无名指擦了一下，然后伸舌去舔。"有一天晚上，你吓了我一跳。你在睡觉。我背对着你，爱抚自己。我的喘息可能把你惊醒了。你问我在做什么。我很热，还在发抖……所以我告诉你我发烧了。你信了。但你还是让我去隔壁，和孩子们睡一起。真是混蛋！"不知是恐惧还是羞耻，令她不再说下去。她的脸颊上浮现出一抹红晕，渐渐蔓延到脖子。她如坠美梦一般合上眼睑，将目光隐藏在后面。

轻轻地，她起身。"我该走了。孩子们和我姑姑一定很担心！"

离开前，她在输液袋里灌满了糖盐水，给男人盖好被单，关上房门，戴好面纱，走上街道。

房间、房子、花园，一切都笼罩在薄雾中，消失在这层灰色的忧郁之下。

什么都没有发生。什么都没有动，除了那只已经在腐朽的天花板横梁上生活了一段时间的蜘蛛。它行动缓慢又懒散,在墙上短暂地转了一周后,就回到结好的网上。

外面。

一会儿有人射击。

一会儿有人祈祷。

一会儿所有人都沉默下来。

黄昏时分,有人敲响走廊的门。

没有一点声音表示邀请。

来人坚持敲门。

没有一双手来为他开门。

门外的人离开了。

夜晚来来去去,带着云与雾。

太阳回来了。与它的光芒一道，映照着女人走进房间。

她把整个房间扫视一遍，从包里拿出一个新的输液袋和一瓶新的眼药水。她径直掀开绿帘子，去找她的男人。他的眼睛半睁着。她从他嘴里抽出软管，进一步拉长，然后滴眼药水。一滴、两滴；一滴、两滴。然后她出去一趟，带回一个装满水的塑料盆、一条毛巾和一些衣物。她给男人擦洗，给他翻身，再把他放回角落。

她小心地卷起他的袖子，首先擦洗了一下给他输液扎针、给滴管加药的手臂弯曲处，然后带着所有所需物品离开房间。

她把衣服洗好，晒在阳光底下。她又带着扫帚回来，清扫基里姆地毯，然后是床垫……

活计还没有干完，就有人敲门。在一片尘土中，她走向窗户。"是谁？"又是那个裹着帕图的男孩无声的身影。女人的手臂疲倦地垂在身侧。"你还想要什么？"男孩递给她几张钞票。女人一动不动。没说半句话。男孩走向走廊。女人也走了过去。两人低声交谈，话音不甚清晰，共同溜进一间屋子。

起初是一片安静，然后渐渐传来一些耳语……最后是几声低沉的呻吟。再次安静了一段时间。一扇门打开，外面响起急促的脚步声。

女人走进浴室，洗了个澡，羞涩地回到房里。她把家务做完便出去了。

她的脚步声回荡在厨房的石板上，那里一点一点地响起开煤气的杂音，声音在整栋房子里蔓延开来。

准备好午餐后，她直接端着煎锅回到房间里。

她平静而甜蜜。

她咬下第一口，"那个男孩让我可怜！"她直截了当地说，"但这不是我接受他的原因……而且，今天我伤害了他，差点让他离开，可怜的家伙！我咯咯大笑起来，他以为我在取笑他……当然也有点接近啦……不过主要还是因为我那该死的姑姑！她昨晚对我说了一件可怕的事。我向她讲了这个结巴男孩的事，说他完事很快。于是……"她笑着，那是一个非常发自内心的无声的笑，"于是她告诉我，我应该建议他……"话又被响亮的笑声打断了，笑完，她继续说，"……建议他用舌头做爱，用那玩意儿说话！"她放声大笑，笑得直抹泪，"在那种时候想起这个很可怕……可是怎么办？他一开始口吃……这句话就闪过我的脑海。我就笑了。他变得惊慌失措……我试图止住笑……但做不到，甚至越笑越厉害……幸好……"她停了一下，"又或者不幸，我突然间跑神了……"又停了一下，"我想起了你……突然就笑不出来了。否则，事情可能会很糟糕……不能伤害年轻人……不能取笑他们的那玩意儿……因为他们把勃起的阴茎、它的长度、射精时间都与他们的男子气概联系在一起，然而……"她没继续把自己的想法说出来。她的脸颊全红了，做了一下深呼吸。"嗯，略过不提……我还是差一点惹了祸……又一次。"

她吃完了午饭。

把煎锅拿回厨房，她走回来在床垫上躺下。她伸手用臂弯蒙住双眼，让时间长久地、沉默地流淌，她沉思着，之后再次承认："是的，那个男孩，他又让我想起了你。我又一次确认，他和你一样笨拙。不过他才刚刚起步，而且他学得很快！而你，你从没改变过。面对他，我可以告诉他该做什么，怎么做。而如果我向你这么提要求……我的主啊！我的脸都可能被打烂！然而这明明都是一些显而易见的事情……只要听从你身体的要求就能明白。可你从来不听。你只听你的灵魂。"她坐起来，对着绿帘子发起了火，"你的灵魂就把你带到这儿了！变成一具活尸！"她靠近那个藏身处，"是你该死的灵魂把你钉在了原地，我的忍石！"她呼了一口气，"今天保护我的不是你愚蠢的灵魂。养育你的孩子的也不是它。"她拉开帘子，"你知道你的灵魂现在怎么样了吗？它在哪里？就在那里，就在你的上方。"她指了指输液袋的方向，"是的，它就在那里，在糖盐水里，别无他处。"她鼓起胸膛，"是我的灵魂给了我荣誉，是我的荣誉保护了我的灵魂。废话！嘿，你的荣誉在这儿呢，被一个 16 岁的孩子衾了！这就是你的荣誉，正在衾你的灵魂呢！"她骤然握住他的手举起来，说，"现在你的身体正在对你进行审判。它在审判你的灵魂。这就是为什么你不会在你的身体里受苦。因为你是在你的灵魂中受苦。你这悬空的灵魂什么都看得到，什么都听得到，什么都做不了，它控制不了你的身体。"她松开手，僵硬地落回床垫上。她发出一声低沉的笑，靠向墙壁。她努力忍住。"你的荣誉不过是一块肉而已！你自己也用过这个词。以前你让我穿衣服的时候，总是喊：把你的肉藏起来！确实，我只是一块肉，供你把肮脏的性器官插进来而已。只会让它撕裂，让它流血！"她气喘吁吁地闭上嘴。

然后她突然站起来，退出房间。她在走廊里踱来踱去，说："我又出什么问题了？我说了什么？为什么？为什么？这不正常，不，这不正常……"她走进房间，"不是我。不，不是我在说话……是别人在替我说话……在用我的舌头说话，进入了我的身体……我被附身了。我身体里真的有一个恶魔。说话的是它。和那个男孩做爱的也是它……是它握住他颤抖的手放上我的胸部……我的肚子、我的大腿间……所有这一切，都是它！不是我！我必须把它赶出去！我必须去见智慧的哈基姆①，

---

① 哈基姆（Hakim）：伊斯兰教国家的医师、学者。

或者毛拉，坦白一切。让他们赶走这个潜伏在我体内的恶魔！……我父亲是对的。是那只猫来纠缠我。那只猫促使我打开鹌鹑笼。我被附身了，而且已经很久了！"她扑进男人藏身的小储藏室，哭了起来，"不是我在说话！……我被恶魔的力量控制了……不是我……《古兰经》在哪里？"她极度恐慌，"它甚至偷走了《古兰经》，那个恶魔！是它干的好事！……是的，是它，它还偷了羽毛，该死的羽毛！"

她在床垫下翻找，找到了她的黑色念珠。"安拉，只有你能驱走恶魔了：举措后延的主①啊，举措后延的主啊……"她拨动念珠，"举措后延的主啊……"拿起面纱，"举措后延的主啊……"离开房间，"举措后延的主啊……"走出家门，"举措后延的主啊……"

脚步声听不见了。

---

① 举措后延的主：原文为 Al-Mou'akhir（穆安赫尔），意为延迟者。真主安拉的第 72 个美名。

她没再回头。

日暮西沉，有人进入了院子，敲了敲走廊的前门。没有人回应，没有人开门。但这一次，闯入者似乎留在了花园里。木头开裂、石头敲击的声音透过墙壁侵入房间内部。他可能在偷窃，或者毁灭，或者建造。总之，等女人明天和那射进窗帘上黄蓝天空的孔洞的太阳光一道回来时，就会知道答案了。

夜幕降临。

花园变得一片漆黑。闯入者自行离开。

天亮了，新的一天开始了。女人回来了。

她脸色苍白地打开卧室的门，停顿了片刻，仔细观察是否有他人来过的痕迹。什么也没有。她心烦意乱地走进房间，直直走到绿色窗帘前。她慢慢地把帘布拉开。

男人还在，睁着眼睛，以同样的节奏呼吸。输液袋空了一半。像以前一样，液体滴落的频率与呼吸相同，或者说与女人指间黑色念珠的转动相同。

她跌在床垫上。"有人把临街的大门修好了？"她面对着墙问道。随后是一段徒劳的等待，一如往常。

她起身离开，依然心烦意乱，去检查其他房间和地下室。之后她又上来，返回房间，一脸震惊。"可是没人来过！"她越来越疲倦，倒在床垫上。

没再说更多的话。

没再做更多动作，除了拨动念珠。3圈。270颗。270次呼吸。没有念诵神的名字。

在开始转第4圈之前，她突然开口："今天早上，我父亲又来看我了……但这次是指责我偷了他用作《古兰经》书签的孔雀羽毛。我吓坏了。他很生气。我很害怕。"

这种恐惧，现在也还能从躲在角落的女人的目光中看到，"可是，很久以前……"她的身体摇晃着，声音却很确定，"我很久以前就把它偷走了。"她猛地站起来，"我神志不清了！"她喃喃絮语，起初很平静，很快变得紧张，"我神志不清了。我得冷静下来。我得闭嘴。"她无法保持静止，不停地动弹，咬着拇指，目光飘忽，"对，那该死的羽毛的故事……就是它。是它让我发疯了。这该死的孔雀羽毛！原本，这只不过是一场梦。没错，一场梦，但非常特别。在我怀上第一个女儿的时候，每天晚上都会梦到它……每天晚上，我都做同样的噩梦：我看到自己正在生下一个男孩。一个生下来就长着牙齿、会说话的男孩……他长得很像我爷爷……这个梦折磨着我，让我害怕……这个孩子告诉我，他知道我的一个大秘密。"她停止了动作，"是的，我的大秘密之一！如果我不满足他所求，他就会告诉所有人我的秘密。第一天晚上，他要我的乳房。看到他的牙齿，我并不想给他……于是他开始尖叫。"她用颤抖的双手捂住耳朵，"即便在今天，我仍然听到他的尖叫。他开始揭开我的秘密。我最终屈服了。我把我的乳房给了他。他在吮吸并啮咬它们……而我在哭喊……我在睡梦中哭泣……"

她待在窗前，背对着男人。"你应该是记得的。因为那天晚上你又把我赶下床了。我在厨房过了一夜。"她坐在有着候鸟图案的帘子脚下，"又一个晚上，我又梦到那个孩子了……这次他要我给他带去我父亲的孔雀毛……可是……"有人敲门。女人从她的梦、她的秘密中回过神来，起身拉开窗帘。还是那个年轻男孩。女人坚定地说："不，今天不行！我在……"男孩用断断续续的话打断了她："我我我修……修好了门……门。"女人的身体放松下来："哦，原来是你！谢谢你。"男孩等待她邀请他进去。然而她什么也没说。"我……我可以……"女人很疲倦地说："我说过了，今天不行……"男孩走近："不不不……是是是为了……"女人摇摇头，接着说："我在等别人……"男孩又靠近一步:"我我我不……不是想……"
女人不耐烦地插话:"你很好,但是我,你要知道,我得
工作……"男孩奋力地想要说话快点,但他的口吃更严
重了:"不不不用……用工工工……作!"他放弃了。退
后,坐到墙脚,像个闹脾气的小孩。女人心烦意乱地到
走廊门外和他碰面。"听!你下午再来,或者明天……总
之现在不行……"对方显得更为平静,坚持说:"我我我
想和……和你……说话……"女人终于让步了。

他们进门,走进一个房间。

随后传来絮絮耳语,这是屋子里回荡的唯一的声音,
与之相对比,吞没房屋、花园、街道,甚至整个城市的
阴郁气氛更加明晰了……

某一刻,窃窃私语停止了,然后是长时间的沉默。
紧接着,一扇门骤然间砰地关上。男孩的啜泣声从走廊
跑到院子里,最后消失在街上。女人愤慨地走进房间,

怒气冲冲地吼："狗娘养的！混蛋！"她在房间里踱了几圈才坐下。脸色苍白，狂怒不止，她说："那个狗娘养的，我说我是妓女的时候，他竟然有脸往我脸上吐口水！"她坐起来，身体和声音都蕴满了仇恨，朝绿色的窗帘走去，"你知道，前几天和这个可怜的男孩一起来的那个家伙，还以各种名义打我骂我，结果呢，他自己，你知道他干了什么事吗？"她跪在帘子跟前，"他把这个可怜的男孩养在身边是为了自娱自乐！他在男孩还小的时候就把他带走了。这男孩是个孤儿，被遗弃在街头。那家伙把他养大，就为了把冲锋枪塞进他手里，为了晚上把铃铛拴在他的脚上。让他跳舞。王八蛋！"她退到墙边。深吸几口浓重的空气，呼出的气也带着灰烬和烟尘。"这孩子浑身伤痕累累！到处都是烧伤的疤痕，大腿上，屁股上……太恐怖了！那家伙用枪管灼烧他的身体！"她的眼泪顺着面颊滚落，流经她哭泣时唇边显出的酒窝，又沿着下巴，淌过脖子，滑到胸口，她的哭声就从胸腔发出：

"一群可悲的家伙！一群混蛋！"

她出去了。

什么也没说。

什么也没看。

什么也没碰。

直到第二天她才回来。

没什么新鲜事。

那个男人——她的男人——还在呼吸。

她给他换了一袋新的输液水。

她给他滴了眼药水：一滴、两滴；一滴、两滴。

就这些。

她盘腿坐在床垫上，从一个塑料袋里掏出一块布、两件小衬衫和一个针线包。她打开针线包，找出一把剪刀，从布料上剪下几块用来缝补衬衫。

她时而偷偷瞥一眼绿帘子，更多的时候，则是焦急地转向那绘制着候鸟纹样的窗帘，稍微拉开一点，留下一道能瞥见院子的缝。哪怕一点声响都会让她停下手里的活计，抬起头查看有没有人进来。

没有，没有人来。

和每天中午一样，毛拉召唤信徒开始祈祷。今天他宣讲的是天启："你应当奉你的创造主的名义而宣读，祂曾用血块创造人。你应当宣读，你的主是最尊严的，祂曾教人用笔写字，祂曾教人知道自己所不知道的东西①。我的兄弟们，这是《古兰经》开头的一段经文，是天使

---

① 引自《古兰经》第 96 章《血块》（阿赖格）。

吉卜利勒给先知的第一个启示……"女人停下来，聆听后面的内容："……当安拉的使者①退居光明山中的希拉山洞②潜修冥想，终日祈祷之时，我们这位先知既不识字，也不会写。但是多亏了这些经文，他学会了一切！关于祂的使者，我们的主这样说：祂降示你这部包含真理的经典，以证实以前的一切天经。祂曾降示《讨拉特》③和《引支勒》④于此经之前，以作世人的向导⑤……"女人又开始缝补。毛拉继续说："穆罕默德不过是一个在其他使者之前的使者……"女人再次停手，专注于《古兰经》

---

① 此处指伊斯兰教先知穆罕默德。

② 希拉山洞：伊斯兰圣迹之一。位于沙特阿拉伯王国麦加城近郊 4 公里处的光明山腰，为一处狭窄的石灰岩自然凹洞。相传，公元 610 年，40 岁的穆罕默德在此处静修时，天使吉卜利勒将造物主安拉的启示传达给他，后被整理成《古兰经》传世至今。

③ 《讨拉特》：《古兰经》中对犹太教《摩西律法》的称呼，也有人说指基督教的《旧约圣经》。四部天启的伊斯兰圣书之一。

④ 《引支勒》：《古兰经》中对基督教《福音书》（《新约圣经》）的称呼。四部天启的伊斯兰圣书之一。

⑤ 引自《古兰经》第 3 章《仪姆兰的家属》（阿黎仪姆兰）。

的话："我们的先知穆罕默德说：除非出于安拉之愿，否则我无权从己身获得利益或避免邪恶。若我能得悉隐藏在其背后之义，事实上，我本应可取得完整之裨益，而灾厄应不会降临至我……"女人没再听下去。她的目光钻进衬衫的褶皱。半晌，她才抬起头，沉吟道："这些话，我从你父亲那里听过。他常常给我讲这个他非常喜欢的段落。他的眼睛会调皮地闪光，他的胡子会不停颤抖，他的声音会把那个潮湿的小房间占满。他说：有一天，穆罕默德——愿主福安之——在冥想后离开山中，来到他的妻子赫蒂彻面前，告诉她：'赫蒂彻，我快疯了。'妻子问他：'为什么？'他回答说：'因为我发觉在我身上有被附身的迹象。当我走在街上，我能听到从每一块石头、每一堵墙里传出的声音。每晚，我都看到一个巨大的东西出现在我身上。它很高，很大。它的头直顶天空，它的脚踩着大地。我不认识它。每次它走近我，都好像要抓住我一样。'赫蒂彻安慰他，要他在下次出现时提前告诉她。一天，穆罕默德和赫蒂彻一起在家，他大喊："赫蒂彻，那东西要来了。我看见它了！"赫蒂彻走近他，坐下，把他抱在怀里，问："你还看到它吗？"穆罕默德说："是的，我还能看到它。"于是赫蒂彻露出自己的头和头发，再次问他："现在能看到它吗？"穆罕默德回答："不，赫蒂彻，我看不到了。"然后他的妻子对他说："高兴点吧，穆罕默德，那不是一个巨大的神怪或魔鬼，那是一个天使。如果那是魔鬼，它不会对我的头发表现出丝毫的尊重，也就不会消失了。"讲完这个故事你父亲还会补充说，这就是赫蒂彻的使命：向穆罕默德揭示他获得的预言的意义，解开他的迷惑，将他从表象的幻影和撒旦的假象中解救出来……她自己也应该是真主的使者，是一位先知。"

她讲完了，陷入长久的沉思，同时继续慢慢地缝补小衬衫。

直到针刺破了她的手指，她才用一声高亢的尖叫打破沉默。她把血嘬掉，继续缝纫。"今天早上……我父亲出现在我房间了。他的胳膊下夹着《古兰经》，我的那本，就是之前放在这里的那本……是的，他就是拿走经书的人……然后他来找我要孔雀羽毛。因为那根羽毛没在《古兰经》里夹着。他说是那个男孩——就是我在家里接待的那个——把羽毛偷走了。如果他来了，我必须找他要回来。"她起身走到窗边，说："我希望他会来。"

　　她走出家门，脚步声穿过院子，停在临街的大门后面。她可能朝街上看了看。空空荡荡，一片寂静。没有人，连个路人的影子都没有。她转身。她在窗外等着。她的身影印在黄蓝交织的天空中候鸟振翅的轮廓上。

　　太阳下山。
　　女人要回到她的孩子身边。

在离开家之前，她到房间里把日常工作做了一遍。

随后离开。

今晚，枪炮声没有响起。

冰冷暗淡的月光下，流浪狗在城市的各个角落狂吠。

直到天亮。

它们饿了。

今晚没有尸体。

天一亮，有人敲响大门，然后打开，进入院子，直

奔走廊，放下东西，然后走掉。

当最后一滴液体落入滴管并顺着管子进入男人的静

脉时，女人回来了。

她走进房间时，看起来比以往任何时候都更加疲惫。

眼睛乌黑而浑浊，面色苍白而朦胧。原本肉感的嘴唇瘪

下去，颜色乌青。她把面纱扔到角落里，走路时手里提着一个印有苹果花图案的红白相间的小包袱。她检查男人的状况，和往常一样，对他说："又有人来过了，把这个包裹放到了门口。"她把它打开。里面有烤小麦种子、两个熟透的石榴、两块奶酪，还有一条用纸衬着的金链子。"是他，那个男孩！"悲伤的脸上浮现出一闪而过的满足，"我应该早点回来的。希望他还会过来。"

她一边给男人换被单，一边说："他会来的……因为在来这儿之前，他还到我姑姑家里来看我了……当时我还没起床。他悄悄地来了，没发出一点儿声音。他穿一身白衣，看起来纯洁又无辜。他也不口吃了。他来只是为了向我解释为什么那该死的孔雀羽毛对我父亲如此重要。他告诉我，因为它就是那只孔雀的羽毛……是和哈娃一起从天堂被赶出去的那只孔雀。解释完他就走了，甚至没给我时间问他问题。"她换了输液袋，调整了滴液的速率，然后在男人身旁坐下。"我希望你不要介意我对你讲他的事，还有在家里接待他。我不知道怎么回事，但他非常，该怎么说？……他在我这里太有存在感了。我几乎有那种刚结婚时对你的感觉。我不知道为什么！尽管我知道他也会变得像你一样可怕。我很确定。一旦你们拥有了一个女人，你们就会立刻变成怪物。"她伸直双腿，"如果你恢复神智，如果你重新站起来，你还会是从前那个怪物吗？"话语顿了一下，思绪并没有断，"我不觉得。我告诉自己，也许我讲给你听的这一切能够改变你。你听得到我的话，你一直在聆听，你冥想，你思考……"她走近他，"是的，你会改变的，你会爱我的。你会如我所愿地和我做爱。因为你现在发现了很多东西。在我身上，在你身上。你知道我的秘密。你现在被这些秘密所占据。"她亲吻他的脖子，"你会尊重我的秘密。而我，我会尊重你的身体。"她的手滑进男人的双腿间，抚摸着他的阴茎,"我从来没有这样碰过它……你的鹌鹑!"她笑了,"你可以吗……"她把一只手伸进男人的裤子,另一只手摸进自己的大腿之间。她的嘴唇拂过男人的胡须,擦过半张的嘴巴。他们的呼吸相闻,融合,交织。"我一直……梦想这么做。一边抚摸自己,一边想象着你的阴茎在我手里。"渐渐地,她的呼吸间隔变短,节奏加快,超过了男人呼吸的频率。她的手夹在腿间,轻轻地抚摸着自己,然后变得又重又强烈……她的呼吸越来越急。气喘吁吁,十分短促,带着嘘声。

她叫了一声。

一串呻吟。

再次安静下来。

再次静止不动。

只剩下呼吸声。

长的。

慢的。

几次呼吸之后。

一声窒闷的叹息突然打破了这片寂静。女人对他说：
"对不起！"并缓慢移动，不敢看他，从他身边起来，从
储藏间退出来，站到墙角。她闭上眼睛，嘴唇还在发抖。
她呻吟着，破碎的句子一点一点地蹦出来："我又怎么
了？"她用头去撞墙，"我真的被附身了……是的，我看
到了死者……隐形人……我是……"她从口袋里掏出黑
色的念珠，"真主……你会拿我怎么样？"她的身体慢慢
地、规律地前后摇晃，"真主，请帮助我重拾信仰！请
帮我破除魔障！请把我从表象的幻影和撒旦的假象里救
出去！就像你对穆罕默德所做的那样！"她猛地站了起
来，在房间里走来走去，然后走进走廊。她的声音响彻
整间房子："是的……他只是众多使者中的一个……在

他之前，像他这样的有十万人之多……我，我给自己启示……我是当中的一个……"她的话音和哗啦的水声混在一起。她在洗澡。

她回来了。身穿紫色连衣裙，下摆和袖尾饰有朴素的麦穗花纹，非常漂亮。

她重新坐到男人藏身之处附近，平静而安详地开口："我没有去见智慧的哈基姆，也没有去见毛拉。姑姑不让我去。她很肯定，说我既不是疯了也不是着魔。我没有被恶魔附体。我所说的，我所做的，是来自上天的声音给我的指示和指引。从我喉咙里冒出来的声音，是埋藏了几千年的声音。"

她闭上眼睛，呼吸了 3 次，重新睁开。她没有转头，只用眼睛扫视了一遍房间，就好像刚刚发现了这个地方一样。"我在等我父亲来。孔雀羽毛的故事，我必须讲给你们所有人听，一次性全盘讲完。"她的声音不再温柔，"但首先，我得把它找回来……是的，我要用这根羽毛，把所有这些在我心中涌现并启示我的声音记录下来！"她变得有些神经质，"就是那根该死的孔雀羽毛！可是那个男孩人呢？我在乎的是什么？难道是他的手榴弹？！是这根链子？是羽毛！我需要羽毛！"她站起来，眼睛闪闪发光。真是个疯女人。她逃出房间，在整栋屋子里翻找。然后又披头散发地回来，带着一身尘土。她扑倒在男人相片正对面的那张床垫上，拿起黑色的念珠，开始拨动。

突然，她尖叫起来："强大的主①，是我！"

---

① 强大的主：原文为 Al-Jabar（贾巴尔），意为强大的。真主安拉的第 9 个美名。

她低声说："特慈的主[①]，是我……"

然后不再说话了。

她的眼神清醒过来，呼吸恢复了和男人相同的节奏。她面对着墙躺了下来。

她柔声继续说道："这根孔雀羽毛一直纠缠着我。"她用指甲刮掉了几片从墙上剥落的油漆，"从一开始，从我做那个噩梦起，它就始终盘桓在我脑子里。就是前几天讲过的那个噩梦：一个男孩在梦中骚扰我，说知道我的大秘密……因为这个梦，我再也不想睡觉了。但这个梦一点一滴地潜入我的意识，连我醒着的时候都会被它萦绕了……我听到那个男孩在我肚子里说话。每时每

---

① 特慈的主：原文为 Al-Rahim（拉希姆），意为特慈者。真主安拉的第 2 个美名。

刻都在说。无论去哪儿都在说。在浴室，在厨房，在街上……他一直在对我说话。他骚扰我，问我要羽毛……"她舔了舔被油漆的残余染成青色的指甲尖，"那时候我唯一想要的，就是让他闭嘴。可是该怎么做？我就祈祷自己能够流产。永远失去那个被诅咒的孩子！你们所有人都以为我这只是和大多数孕妇一样的孕期反应而已。但不是的。我要告诉你一个事实……那孩子说的是事实……他知道的就是事实。那个孩子知道我的秘密。他本人就是我的秘密。我不为人知的事实！所以我决定在分娩时把他扼死在我的双腿间。这就是为什么我当时生孩子没有尝试去推。要不是我后来被麻醉了，孩子早就憋死在肚子里了。但是孩子出生了。当我回过神来，发现不像我梦里那样是个男孩，而是一个女孩，真是一种解脱！我告诉自己，一个女孩永远都不会背叛我。我知道你急死了，一定很想知道我的秘密。"她回过身来，抬头望向绿色的窗帘，像一条蛇一样朝男人爬去。她爬到他脚边，寻找他失神的目光："因为这孩子不是你的！"
她沉默着，迫不及待地想看到男人最终崩溃！然而一如
既往，没有反应，什么也没有。然后她更加大胆地宣布：
"没错，我的忍石，这两个女儿都不是你的骨肉！"她坐
起来，"你知道为什么吗？因为不能生育的是你，不是
我！"她靠墙而坐，就坐在储物间外的拐角处，正对着
门，和男人一样，"所有人都认为是我不孕。你妈妈还
想让你另娶。那我会怎么样？我会变得像我的姑姑一样。
就在那时，我奇迹般地和她重逢了。她是主派来给我指
路的。"她闭着双目，唇角勾起一抹神秘的笑容，"所以
我跟你母亲说，有一位伟大的哈基姆能够创造奇迹，解
决这类问题。这个故事你知道……但这不是事实！总之，
我们一起去找他，向他求取护身符。我记得很清楚，就
像昨天刚发生一样。一路上，你妈妈嘴里什么话都出来
了！她用各种借口找我的碴儿，不停地破口大骂，重复
着说这是我最后的机会！那天她花了不少钱！后来我又

去找了几次哈基姆，终于怀孕了。很神奇对吧！可你知道，事实上，这个哈基姆只是我姑姑的皮条客。他给我找了个人，蒙着眼睛跟我上床。我们被锁在一个黑漆漆的屋子里。他不能和我说话，也不能触摸我……另外，我们从来没脱过衣服，只是潦草地把裤子拉下来，就是这样。他应该很年轻。非常年轻，非常强壮。但显然没有经验。所以得是我去触碰他，我去决定什么时候让他进入我。我得把一切都教给他！也是由我来！……支配对方的身体感觉很好，但第一天太可怕了。我们俩都很不自在，很害怕。我不想让他认为我是妓女，所以我很僵硬。而他，慌乱，惶然，最后没能成功，可怜的家伙！什么也没发生。我们俩离得很远，只能听到急促的呼吸声。我崩溃了，尖叫，被带出了房间……我吐了一整天！我想放弃，但为时已晚。后面我们配合得越来越好。然而，每次结束之后，我都会哭，因为负疚感……我憎恨这个世界，我诅咒你和你的家人！更糟糕的是，到了晚上我还不得不和你一起睡觉！这当中最可笑的是，我怀孕以后，你母亲动不动就去见那个哈基姆，为各种各样的缘由去求取护身符。"一声低笑从她的胸腔逸出，"哦，我的忍石，当女人难做的时候，做男人也难了！"一声长长的叹息从她身上倾泻。她又重新沉浸到自己的思绪里。她那双黑沉沉的眼睛翻了一下。嘴唇的血色越来越淡，不停翕动，喃喃着一些像祈祷一样的东西。突然，她用一种奇怪而庄严的声音开了口："既然每个宗教都是一个启示的故事，真理的启示，那么，我的忍石，我们之间的故事，它也是一种宗教。我们自己的宗教！"她迈起步来，"是的，身体就是我们的启示。"她停下脚步，"我们自己的身体，身体的秘密，身体的伤痕，身体的痛苦，身体的快乐……"她冲向男人，整个人都亮了起来，仿佛她手中正掌握着真理，于是她将它献给男人，"不过，是的，我的忍石……你知道99是什么吗？我的意思是，真主的最后一个美名叫什么？是坚忍的主^①，忍耐！看看你，你就是主。你存在，但不动。你听，但不说话。你看，但不能被看见！就像神一样，你坚忍，又麻痹。 而我，我是你的使者！你的先知！我是你的声音！我是你的目光！我是你的手！我为你启示！ 坚忍的主！"她将绿窗帘完全拉到一边，然后只做了一个动作：转身张开双臂，仿佛在向观众宣讲。她喊道："这就是启示录：坚忍的主！"她的手指着男人——她的男人，目光没有焦点，造物也不存在。

她被这个启示迷住了。她完全失去了理智，往前迈了一步，准备继续她的演讲。但一只手从身后抓住了她的手腕。她转过身。是那个男人，她的男人正拉着她。她惊呆了，如遭雷击，嘴巴大张，想说的话都卡在嗓子眼。他突然站起，像一块坚硬而干燥的石头一下子被

---

① 坚忍的主：原文为 Al-Sabour（赛布尔），意为豁达坚忍的。真主安拉的第 99 个美名。

抬起。

"这……真是奇迹！这就是复活！"她用一种因恐惧而窒息的声音说，"我就知道我的秘密会让你起死回生，让你回到我身边……我就知道……"男人把她扯过去，抓住她的头发，把她的头往墙上撞。她跌倒了，既不尖叫，也不哭泣。"就是这样……你要炸了！"她的目光如梦似幻，从凌乱的头发间穿出，她在冷笑，"我的忍石要爆炸了！"然后她喊道，"坚忍的主！"闭上了眼睛，"谢谢你，坚忍的主！我终于摆脱了我的痛苦。"说着搂住了男人的脚。

男人一脸阴郁和憔悴，再次抓住女人，将她举起，扔到挂着匕首和相片的那面墙上。他走近她，又揪住她，把她抵在墙上。女人激动而高扬地看着他。她的头碰到了那把匕首，于是伸手够住了它，尖叫着把它插进男人的心脏。没有一滴血喷涌出来。

他仍然僵硬而冰冷，抓住女人的头发，将她掼到地板上，一直拖到房间正中央。他又把她的头往地板上撞，然后猛地一扭脖子。

女人呼气。
男人吸气。

女人闭上了眼睛。
男人依旧眼神迷离。

有人敲响了门。

那个男人胸口插着匕首，躺倒在墙脚的床垫上，面对着自己的相片。

女人浑身猩红。那是她的血的猩红色。

有人走进来。

女人缓缓睁开眼睛。

风起，候鸟飞过她的身体。

感谢

保罗·奥恰科夫斯基 – 洛朗斯　克里斯蒂亚娜·蒂奥利耶

艾玛努埃勒·迪努瓦耶　玛丽安娜·德尼库尔

洛朗·马雷绍　索拉娅·努里　萨布里娜·努里

拉希玛·卡蒂尔

以上各位的倾囊相助

及富有诗意的凝视